校园版

庄颖洁 著

山西出版传媒集团　山西人民出版社

图书在版编目（CIP）数据

春暖花开 / 庄颖洁著 . —太原：山西人民出版社，2019.1（2020.1 重印）
ISBN 978-7-203-10189-5

Ⅰ. ①春… Ⅱ. ①庄… Ⅲ. ①长篇小说—中国—当代 Ⅳ. ①I247.5

中国版本图书馆 CIP 数据核字（2017）第 301960 号

春暖花开

著　　者：	庄颖洁
责任编辑：	张小芳
复　　审：	贾　娟
终　　审：	员荣亮
装帧设计：	张慧兵
出　版　者：	山西出版传媒集团·山西人民出版社
地　　址：	太原市建设南路 21 号
邮　　编：	030012
发行营销：	0351-4922220　4955996　4956039　4922127（传真）
天猫官网：	https://sxrmcbs.tmall.com　电话：0351-4922159
E - mail：	sxskcb@163.com　发行部
	sxskcb@126.com　总编室
网　　址：	www.sxskcb.com
经　销　者：	山西出版传媒集团·山西人民出版社
承　印　厂：	山西出版传媒集团·山西人民印刷有限责任公司
开　　本：	890mm×1240mm　1/32
印　　张：	9.25
字　　数：	130 千字
版　　次：	2019 年 1 月　第 1 版
印　　次：	2020 年 1 月　第 5 次印刷
书　　号：	ISBN 978-7-203-10189-5
定　　价：	38.00 元

如有印装质量问题请与本社联系调换

1

在中国南部的一个小镇上，元大苗正坐在他们家旁边的弄堂里，双手抱着膝盖，低头看着那些长在石头上的毛茸茸绿油油的苔藓，她好奇地用手摸摸，软软的，大苗不敢用力，生怕自己把它们给弄伤了。

这条弄堂是和隔壁那户人家合用的，属于共同财产，但在大苗很小的时候，那户人家就全家搬到城里去了，一年也回来不了一次，于是这条本该属于两家人家的弄堂就完完整整的属于大苗家的了。弄堂很狭小，不是那种能容好几个人并排走过的用水泥浇好的弄堂，那里刚好能走过一个人，终年不见阳光，地上是高高低低大小不一的石头，石头上长满了绿色的苔藓。每到夏

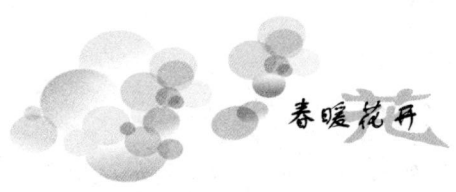

2　天，这里就成了大苗和元亦文的乐园，当别处都被太阳烤得像火炉一般的时候，这里却像是另外一个世界，风呼呼地吹进来，有时人还会打个哆嗦呢。

　　大苗说不上来那些绿绿的东西叫什么，但是大苗心里突然感动起来，为这些小生命感动，它们和自己一样，就在这里成长起来，即使没有阳光，没有泥土，却也如此顽强，生长得那样绿，由内而外散发出来的那种绿色，让人心头涌出一种美好的感觉。

　　这些小生命到处都是，却很少有人能注意它们，有些人还把它们当成是坏东西，讨厌它们，可是不管环境多么恶劣，人们对它们是多么的厌恶，它们还是按照自己的方式坚强地活着。对，即使什么也没有，它们也要靠自己的力量，去努力，去争取。

　　大苗听到妈妈马婕在屋子里叫她，她赶紧站起来，眼前突然一片漆黑，自己蹲得太久了，大苗觉得那种一瞬间一片漆黑头晕目眩的感觉很奇妙，自己像是掉进了一个无底的黑洞，你不知道自己将要去到哪里，但是出口总是回到了现实的世界。马婕又喊起了大苗的名字，显得有些焦急，大苗穿着一双明显不合脚的旁边脱了胶的拖鞋小跑着进去了。

马婕正炒着菜，头发随意地用黑色橡皮筋绑着，阳光透过玻璃窗照进来，照到马婕脸上，马婕眯起了眼睛，长裙下露出的一小截腿在地上来回移动，白白的，和那双红肿的手显得有些不相称。油烟机几天前坏掉了，现在整个屋子里都乌烟瘴气的。见大苗进来了，马婕指了指桌上的5块钱说："去买袋糖回来。"

大苗高兴地拿过桌上的钱，她最喜欢干这个差事，因为买东西剩下的钱可以归自己所有，这是和妈妈约定好的，虽然剩下的不多，但是次数多了，也就是一笔小财富呢。大苗一边走出门，一边暗自想着一包糖是4块2毛，这样就能多出来8毛钱，自己的储蓄罐里就又多存了一点。储蓄罐用一根铁丝绑在了一只床脚上，要放钱进去的时候得弯下身子把手够进去，手上会弄得一层灰，大苗却很乐意，她觉得这样安全，她认为大家一定都不愿意把手伸进满是灰尘和蜘蛛网的床底下去拿那些钱，这样想着就很安心，那些钱可是大苗的宝贝，等存

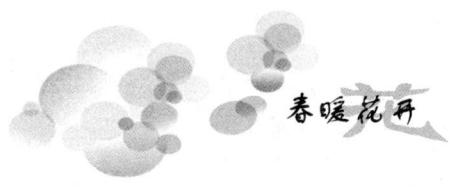
春暖花开

够了大苗就会拿出来去买一本她一直想要的书。

去买糖的那家店要穿过两条街,午后的太阳火辣辣的,马路上静悄悄的没有一点声音,只有被太阳烤得快冒烟的马路发出嗞嗞嗞的声音,还有那没完没了的知了扯破了嗓子为太阳呐喊助威。一切都显得那么无精打采,只有大苗心里美滋滋的。

路的旁边有一条河,河里面经常是五颜六色的,有时候还臭气冲天,马婕告诉她那是化工厂里排出来的臭水。人们经过那条河的时候都是捂着鼻子大气不敢出的,等憋到脸通红的时候才不得已吸一口气,就这一口气也好像会要了他们的命,人们不停地骂着那条河,骂着那个化工厂,一边骂一边不忘用手捂着鼻子,等憋不住气了就接着骂一声,"这河臭死了!该死的化工厂!"每次经过的时候都要骂一遍,可是那条河和那个化工厂却一直在那里。只有坐在树下乘凉的老头老太太,他们好像闻不到那臭味,坐在小板凳上,手里拿着扇子,半闭着眼睛,偶尔手动一下扇一下扇子,不知是睡着了还是醒着的,还是半睡半醒着。

那条河叫杨凌河，马婕说河里面有水怪，水怪是专门抓小孩的，所以千万不能靠近河边，大苗信以为真，每次走到那边的时候神情都会异常严肃，她想象着水怪应该是长着正方形的头，细细长长的胳膊和腿，有大的吓人的眼睛和锋利的牙齿露在外面，这是一个孩子能想出的最可怕的形象了。河边上种了许多杨柳，柳条垂下来正好给整条小路挡住了阳光，只有一些透过缝隙射进来的阳光投射到地上，斑斑点点。大苗走在树荫下，她不会用手捂着鼻子，不会屏住呼吸，她知道这条河一定会流向大海，清澈蔚蓝的大海，这臭只是暂时的。

这条路不长，很快就会拐弯然后进入一条大一点的路，这些路都没有正式的名字，也没有人会想到给它们取一些名字，要说起哪条路的时候，人们通常会找一些和路有关的特征，比如说化工路就是说的那条旁边有臭河的路，白糖路就是大苗接下去要走的那条路。顾名思义，那条路上最有名的就是卖白糖的。那家店很显眼，白白的墙面上头用红色的油漆刷了一个大大的糖字，和旁边那些水泥墙显得有些格格不入，却让人一眼就能望

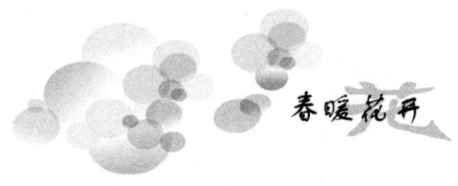

见。大苗喜欢去白糖店里面，除了白糖，这里还有红糖黑糖和各种孩子们爱吃的奶糖硬糖。卖糖的是一个胡子花白的老人，他的胡子也快和糖一样白了，每次大苗来这里买一包白糖，那个白胡子的老人都会笑嘻嘻地把眼睛眯成一条缝，捏一捏大苗的脸蛋然后塞给她一颗硬糖，运气好的话，甚至会得到一颗奶糖，要知道，奶糖可是比硬糖贵很多。

　　大苗走进店里，抬起头说要一包白糖，然后伸手把钱递过去。白胡子老人慢悠悠地接过钱，转身放进后面的一个陈旧的木箱子里，箱子上面印有暗红色的花纹，里面大多都是一些一块和几毛的硬币，大苗猜想大钱一定是被老人藏好了，就像自己藏在床底下的那个罐子，老爷爷一定也有自己想要买的东西。

　　不一会儿，白胡子老人拿了白糖和零钱笑眯眯地过来了，大苗故意把脸抬起来等着老爷爷来捏自己的脸，果然，他和以前一样，捏了捏大苗的脸蛋，然后塞给她一颗糖，今天是一颗苹果味的硬糖，大苗接过东西，很满足地回家了。

如果天天能来买糖那该多幸福。

回到家的时候,父亲已经回来,大苗很高兴爸爸没有忘记几天前对她的承诺,说要在大苗开学前一天带她去买文具用品。元天石看到女儿回来了,放下手里抱着的儿子,把大苗高高举了起来,抱着她在空中转了三圈,大概是头有点晕了,才放她下来,然后摸摸大苗的头,说"我的小公主终于又能去上学了"。这话好像是对大苗说的,却更像是在自言自语,那话里有高兴,但更多的还是愧疚。大苗很想抱住爸爸的脖子告诉他没关系的,这样很好,可是她什么也没有做,只是看着他,心里想着不管怎样,我都是爱着你们的。

元天石别的都好,就是爱赌,但是那些好渐渐地被爱赌给盖过去了,大家都知道他是个没脑子的男人,家里有老婆还有三个孩子,不正正经经上班却好上了赌博,一赌起来就没日没夜的,家里不管不顾的还输钱,马婕不知道跟他哭着闹着多少回了,可是都没有用。

大家都知道大苗还没读完中班就辍学在家了,一是因为她弟弟马程才的出生被罚了钱,二是元天石赌钱输

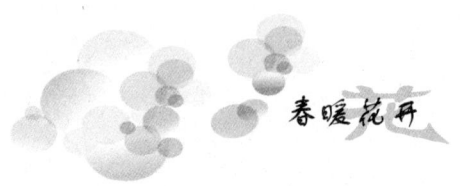

了钱,于是大苗的学就给落下了。那时候家里连白米饭都快吃不上了,好在元亦文帮着家里做点事,也能贴补点家用。

元亦文比大苗大了整整12岁,原本的话也是该去念大学了,但是和大苗一样,她也不得不离开学校到外面打工了,街坊邻居都觉着可惜,但是也都明白,毕竟不是亲生的。元亦文心里也明白,她恨着这个家庭却又爱着大苗,她可怜大苗这么小就得待在家里,她发誓一定要挣很多钱,要给大苗买好多书。自己没有的她希望大苗都能得到。

都说3岁一个代沟,12年照理说该有4个代沟了。但这似乎并不是什么真理,至少元大苗不认为她们之间存在这么一条沟,她想,即使有这么一条沟,那也是一条小沟,就像稻田里的小沟,轻轻一跨,就过去了,不费一点儿力气。

那时候的日子还是快乐的。

大苗很小的时候,元亦文就搂着大苗睡觉了。这是大苗从妈妈嘴里听到的,于是她想象着那个画面,那时候她还不是很懂事，可是心里却有一种感动，比童话里的公主被巫婆抓走了还要让她难过，她眼睛突然酸酸的酸酸的，从此，她慢慢发现了元亦文的爱，她不露声色地、静静地感受着接受着享受着这份只属于她的爱。

她们一起奔跑一起呼吸。元亦文似乎有用不完的点子，大苗也乐此不疲。

早上，马婕和元天石上班以后，元亦文就卷起裤管拿出两个红色大脚盆准备洗衣服。那脚盆很大，大苗觉得那脚盆像怪兽的大嘴巴，血淋淋的，恶心异常，每次她都迫不及待把所有的脏衣服扔进去，只有这样，她才能安心，怪兽吃着衣服就不能吃她了。接着，元亦文搬来两个小板凳，拿来一个深红色的搓衣板。大苗坐在元亦文旁边，两手托在脸上，看着一件件衣服被拖到搓衣板上"受刑"，一副专心致志无比投入的样子，时不时地在元亦文停歇的空当撒上一点白猫洗衣粉，有时候她会故意让元亦文给她下达命令，她喜欢这种小把戏。

那时候是用井水洗衣服的。几乎每户人家都有一口井，有的井是圆的，有的是方的，还有的是多边形的。

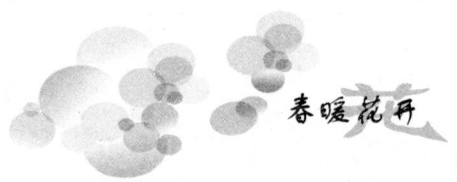

10 大人常常都会告诫自己的小孩不能到井边玩耍,可是越是这样,小孩子的好奇心越是强烈,一门心思就想望望井里面到底是什么样。大苗也是一样,好几次,她一个人偷偷地来到井旁,两手撑着边缘,然后小心翼翼地把她的小脑袋慢慢凑上去,里面什么也没有,只有静静的连波纹都没有的井水,还能看见自己的小脑袋倒映在里面,黑黢黢的。

井水是很神奇的水,元亦文说井水冬暖夏凉。的确,夏天的时候,井里的水总是冰冰的,有时候滑到脚上,人还会不由得打个哆嗦呢。元大苗不喜欢井水弄到她的脚上,特别是洗衣服的时候,她喜欢让她的脚总是保持干燥。但每次洗衣服总是会溅出水来,大苗可不乐意了,马上沉下脸来,所以每次洗衣服大苗总是要生会儿闷气,就像冬天大苗不愿穿毛裤,每天起床总要大哭大闹一场,给她穿上毛裤特别费事。大苗自己也受尽了罪,哭得声嘶力竭最后筋疲力尽,眼睛肿肿得跟个灯泡似的,鼻涕也一把一把的,最后就一抽一噎地吃早饭去了。

年幼的时候总是什么都忘得很快，任何不愉快也都像盛夏的雷阵雨，来得快去得也快，马上就晴空万里了。那天，大苗一边郁闷地甩着湿掉的脚一边屁颠屁颠跟在元亦文后面来到河边的石阶上。石阶一共有五个，算不上宽大，刚好能容下她们姐妹俩。

台阶很光滑，不知是因为多年雨水冲刷还是因为人们不断地踩踏着它们，总之它们异常光滑，就像经师傅打磨过的一般。上面还散落着一些小石块，元亦文喜欢拣几块扁平的石头，玩打水漂，她玩得很好，只见她娴熟地挑选着合适的石头，一个漂亮的弧度，石头从她手中飞了出去，在空中飞了一会就一头钻进河里，像一架迷你战斗机。大苗眼睛死死地盯着河面，果然，战斗机又出现了，接着又消失了，这样来回出现着消失着，做着特技动作，大苗看得大气都不敢出，每当这时，元亦文就转过头来，对元大苗笑笑。大苗心里痒痒的也跃跃欲试，可惜大苗似乎并不能很好地掌握她姐姐打水漂的精要，每一次石头飞出去，就咕咚一声一股脑钻进水里，水花四溅，波纹连连，只是再不露面了。

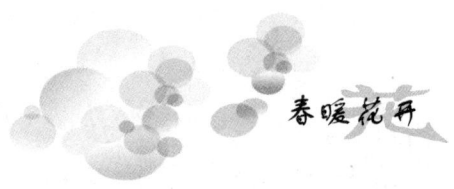

大苗内心很懊恼,她是真心想和元亦文一样,能打一个漂亮的水漂。只是这个世界似乎总在跟你开玩笑,你越是想要的东西,越是得不到。正因为如此各种情感也就随之出现了,世界也因此变得更有意思了。

大苗打累了,就蹲下来看着水中的自己,和镜子中看到的完全不同。大苗一直对镜子有一种特别的感情,她认为镜子里真的存在着另一个自己,就在妈妈房间里,大衣橱上的那面大镜子,那就是通往另一个世界的门,可是妈妈不在的时候,房门总是被锁得紧紧的,妈妈仿佛知道大苗这个小小的秘密,于是故意把门锁起来。

看着水中的影子,大苗出了神。她看见河里有小鱼在游来游去,她看见河里长着细细长长的水草,她还看见河底有一只坏掉的碗。

她记得有一次,她和元亦文玩过家家游戏,她们偷偷拿了橱里的碗,玩得正高兴的时候,大苗一不小心打破了一个,她当时就傻眼了,元亦文安慰她说马婕不会发现的,放心,有我呢。

当马婕质问她们姐妹俩的时候，元大苗紧紧拉着元亦文的手，头微微低着，元亦文却平视着前方。她们就那样并排站着，当大苗想着这下完蛋了的时候，元亦文把元大苗的手拉得更紧了，然后走上前一步，承认是自己打破的，替大苗承认了。

在大苗眼里，那时候的元亦文就像是一个战士，一个伟大的革命战士，为了同伴而牺牲了自己。

大苗两眼汪汪充满感激地看着元亦文的侧脸，不过这种感激没过一会就消失了。每次大苗做错了事总是元亦文替她承担，这似乎成了理所当然，理所当然就不需要很多感激。

现在，大苗低着头，看着河底静静躺着的破碗。那破碎的伤口仿佛正在流着血，那血越流越多，越流越多，大苗感到眼前一片殷红，那红像一股巨浪朝她冲来，她躲闪不得。

元亦文自己也不记得是什么时候发现元大苗没有跟在她身后的。

但元大苗记得很清楚，被救起来的时候，自己肚子

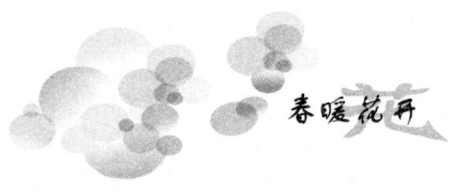

14

鼓鼓的,像田里面熟透了的大西瓜,用手弹弹,还咚咚咚地响。

她不记得她看到了那一大片的红,只记得看到河水的颜色和岸上的完全不一样,更浅,而且是透明的,整个河都能望穿。她还看到了在岸上永远看不见的景象,龙虾围着圈圈跳舞,鲤鱼夫妇结了婚正度蜜月,小螃蟹排着队上学去……大苗眼睛睁得大大的,她看得很出神,这时,一条小鱼游过来问她去不去参加他们的聚会,大苗兴奋地答应了,于是,大苗像一条鱼一样跟在小鱼后面游了起来,就像平时她跟在元亦文后面跑跑跳跳一样灵活。就在大苗玩得尽兴的时候,她突然感到自己被人拎了起来,她奋力地抵抗,她感到呼吸越来越困难,她看到一个个泡泡迫不及待地从她嘴里冒出,当时,她觉得她自己就是一条鱼,她像一条鱼一样,觉得自己完了。

那次落水的经历,大苗没有向任何人说起,一直以来,她都相信自己只要再进入水里,就能变成一条鱼,一条有鳞有鳍有尾巴的货真价实的鱼。也正因为这个原因，她再不敢下水，她怕自己变成了鱼就永远也变不回来了，她向往过在水里自由自在的那种快乐，但她更舍不得元亦文。

元大苗被救起来以后，在台阶上站了一会儿，她还没缓过神来呢，眼睛瞪得大大的，就像那些被抓上岸的鱼，万分惊恐地瞪着眼睛，就是那种知道自己马上就要死掉了的惊恐的眼神。

可是元大苗吐掉了肚子里的水后，就又活蹦乱跳的了，像什么也没发生一样，她没有像鱼一样上岸就会死掉。

反倒是元亦文那天一直闷闷的，她是在怪自己没把妹妹看好。

那天晚上吃过饭，她们没有像往常一样，吵吵闹闹跑去洗澡。

元亦文躺在长凳上，好像在看星星，却眯着眼睛。元大苗觉着姐姐这样肯定非常舒服，马上就加入到她的行列，与她并排。她看到天上满是星星，像芝麻一样密密麻麻，数也数不过来，她第一次觉得星星是这么好

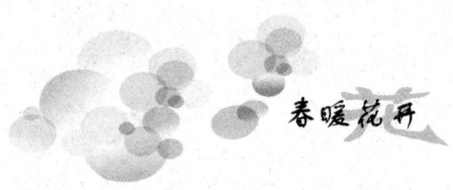

看，但她说不上哪里好看，她觉得她和它们很近很近，好像就在眼前，伸一伸手就能够到，那些星星包围着她们，像无数士兵在她们周围保护着她们，大苗从来没有这样一种感觉，那种感觉简直太美好了。

她们在星空下躺了很久，很久，那天好像一切都变得有点特别，没有任何东西来打扰她们，没有嗡嗡嗡吵人的蚊子先生，还有凉风习习。

大苗好像睡着了，再醒来的时候，发现元亦文正牵着她的手。她转过头，元亦文并没睡着，她突然指着天上一大一小两颗靠得很近的星星，说："你看，那两颗星星就是我们，只有靠在一起，才会那么闪耀。"

2

上个世纪80年代，元天石和马婕结婚了。

结婚那天，马婕笑容满面。那天她穿了红色的裙子，外面套着白色的羊绒大衣，雪白的脸上鲜红的口红尤为抢眼。亲戚很多，能扯得上关系的几乎全都来了，都是一大家子一大家子的，就连家里的狗啊猫啊的都来了。他们也是个个笑得合不拢嘴，仿佛把他们带回了自己大喜的日子，不知是在感叹时光不再还是在怀念从前。

不多久，一道道菜就热气腾腾、重油赤酱地端了上来，清炒虾仁、红烧排骨、白斩鸡、狮子头……被重重地顿在八仙桌的中心。一时间，筷子头如雨而下，风卷残云一般，青花大盘子里就空了，那真是货真价实的传统盛宴。那时候喝的酒都是烈酒，茅台也不那么贵，男人们很快就脸红了，也有人脸白了。喝醉了的人开始失态，想起了伤心事就哭了。女人们的嘴唇因为油而显得厚而馋相。

其实说到马婕和元天石的婚姻，不是指腹为婚却也算不上是自由恋爱，毕竟在那个年代自由恋爱才刚刚崭露头角，这些只有在电视上才能有的爱情人们往往都不敢想，更不要说付诸行动了，那只存在于人们的大脑中，它的的确确存在着却好像一点也真实不起来。

马婕是家里的独生女，在那个重男轻女、计划生育

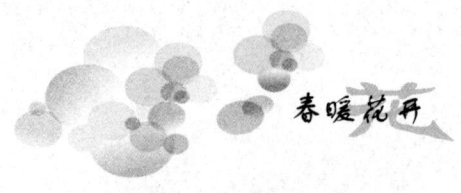

18 政策尚未出台的年代，这真是有点无法想象，马婕也从不过问这些，只是依稀记得小时候奶奶告诉她在她出生之前她母亲生过一对双胞胎，都是女娃，不幸都夭折了，这似乎对马婕的母亲打击很大。

马婕似乎并不在乎这些，她反而更加感激那两个她素未谋面的姐姐，因为她们，马婕得到了特别的宠爱，作为家里的独苗，衣来伸手饭来张口，并且一直像男孩子一样读到大学毕业后才参加工作。就在马婕工作后不久，家里就忙着给马婕介绍对象。

马婕似乎并不关心自己的终身大事，家里怎么说怎么安排她都照做，好像要结婚的不是她一样。这次，父母给她找了一个小伙，父母是那个赞不绝口哇，从相貌夸到家庭，从家庭夸到学历，从学历夸到人品，总之能夸的好话都给说了一遍。马婕一声不吭，静静地坐着。

第二天，马婕换上新做的小碎花连衣裙，被带着去相亲了。那时候的马婕有点胖胖的，但不是那种胖的难看，而是看着比较讨人喜欢的。一路上马婕似乎并没有表现出太高的兴致，对那位可能成为她将来丈夫的男人也没有过多的兴趣。

　　好在马婕是典型的人来熟，跟谁多待会就能像多年深交的老友，这好像是与生俱来的，而不像有的人天生就扭扭捏捏不爱讲话。现在的气氛似乎没有一点相亲时的尴尬，好像他们只是去走亲访友似的。家长们笑得嘴也合不住，那位媒婆更是没把那颗银牙给关起来，脸上的赘肉随着她的笑声此起彼伏的跌宕着，怎么看都是一股肥油要流出来了。

　　这次相亲后，马婕不负众望地到那边走动勤快起来，正当大家都觉着这次靠谱了准备张罗婚事的时候，马婕不经不慢地说她要嫁给元天石。

　　元天石是谁？大家都懵了。

　　那小伙不是叫陈建么，元天石是从哪冒出来的。正当大家都一头雾水的时候，马婕带着元天石回家来了。

　　马婕还是穿着相亲那天穿的小碎花裙，圆圆的脸上多了两朵红晕，她挽着元天石的臂膀，嘻嘻哈哈走着。

　　大家看着他们由远及近的缓缓走来，最终来到了眼前，马婕的父母像看外星人一般打量着元天石。一米七

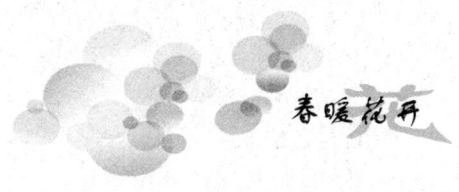

八的个头还算挺高,剃了当时很流行的三七分头,还涂上了一层厚厚的摩斯,看得出来那是为了今天而特地认真地涂上去得,因为涂得太厚,那头发紧紧贴在一起,任风吹来,纹丝不动。他的个头虽说是高,可怎么也不能让人把他和高大魁梧联系起来,最多和"高"字沾上了那么一点儿边,因为他很瘦,真的很瘦。他的瘦因为他的高而显得更加明显了,他就像马路边上的一根电线杆,又细又长。和他的头发相比,他本身倒是感觉一吹就要倒了。再加上他穿了一件过于宽大的老式衬衫,整个人像是被蛀空的木头,像秧田里蔫掉的稻苗,又像丢了魂的稻草人,无精打采。

　　马婕的母亲皱着眉头,她父亲则是一个劲地吸着烟,也不看他俩,似乎都是在嫌弃着什么。他们看着元天石,心里想的却是陈建,想到了陈建那张书生气的脸和那张大学文凭,想到了他殷实的家庭条件和那一声声伯父伯母的叫声。他们怎么也不明白为什么自己的女儿不要那么优秀甚至是近乎完美的人,而选择了这么一个看上去啥也不是啥也不会啥也靠不住的人。他们看不惯他那涂着摩斯紧紧贴着的三七分头，看不惯他那大大的衬衫和里面瘦弱的身体，看不惯他站在马婕的身边。

至少得挑个强一点的吧，怎么挑来挑去挑了这么一个。

没等马婕介绍，元天石自己先开口了。这会，他好像突然换了个人似的，那血好像一下子注满了他的每一根毛细血管，让他看上去容光焕发，精神抖擞。他说，他叫元天石，元宝的元，天空的天，石头的石。他说，小婕嫁给他，他一定会好好对她的。他直截了当，开门见山，没有多余的客套，这让马婕父母对他的态度有了好转，在家长眼中，这不叫不懂礼貌，这叫质朴。也许就是因为这质朴，或是说他们认为的质朴，元天石和马婕这事也就算这么着了，也不再去追究中间发生了什么事，毕竟，这是女儿自己的选择，他们可以帮忙参谋，但绝不干预。

元天石自己肯定也想不到，这么轻松就过了关，他本来还想着先摊了牌，再开始讲述他那段辛酸的生活，本还打算落几滴男儿泪，再不成就以私奔相逼。有时候

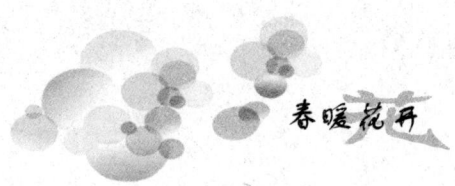

22 事情就是这么简单，你准备了很久，结果事情的发展却出乎意料。但那些总还是感动了马婕。话说要不是那次陈建提到元天石，她也不会这么铁了心的要嫁给他的。

他们结婚那天，陈建也来祝贺他们。他一把勾着元天石的肩膀，用力拍了两下，说道："兄弟啊，你说我们关系怎样，从小一块打架长大的，现在你看，我把我的新娘都让给你了。"元天石什么也没说，更加用力地在陈建背上也拍了两下，好像拍的越重感情越深似的。元天石心里是明白的，这兄弟也是一辈子的。他想自己只能对马婕更加的好，心里才会踏实。他不能冒任何的风险，去对不起两个人，两个对他很重要的人。

80年代是一个洁净的年代，人们都还带着在恐怖中长大的孤儿般的谨慎和幻想，还有小心翼翼中暗藏的反骨，悄悄地过自己的日子。那时候的婚礼，是人生中真正的大事，离婚和婚外恋的浪潮还没有到来，婚礼上关于"百年好合"的祝愿，就是铁打的规矩。

和20世纪80年代的新人一样，元天石和马婕也不满意家具店暗淡的日光灯下粗糙而土气的棕红色家具。

他俩都是大学生，是有知识有文化的人，在那个大多数是面朝黄土背朝天的人中间，他们是稍微有那么一点不同的或是说有那么点优越感的。那时候时兴的，是捷克式家具的颜色，清水蜡克，或者极淡的黄色，那是对国营家具店里红棕色的反叛。那时候的结婚序曲又长又艰苦，新人们最先了解的，就是木头的品种和零件的价格。那时候人们相信商店里开出来的发票总归是真的。

虽说最后马婕的父母没有反对并且同意了他俩的婚事，但心里毕竟不是那么的情愿，他们也就这一个女儿，对方家境又不是特别好，又是单亲家庭，这老两口心里总有那么点放心不下。但不放心归不放心，他们还是衷心祝福女儿的，他们也只好把所有的不放心放在给女儿精心准备嫁妆上了。8条新棉被，从1斤半的到8斤的，可以盖上20年。还有各种颜色的缎子被面，大红大绿，喜气洋洋。那些被面子，是真正的好缎子，手工绣的龙凤，一洗就皱，丝线就褪色的那种娇气手工。还要准备两条鸭绒被，两条羊毛毯，洋红色的羊毛床罩。好像织物都应该是女孩子准备的，包括窗帘和桌

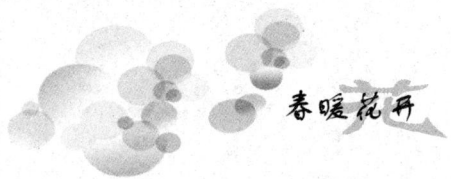

布，电视机套子。他们还给马婕准备了一对樟木箱，那可是重要的陪嫁。为了祝福女儿日后的幸福，马婕母亲还请来一个全福的女人为女儿缝新被子。当然，在20世纪80年代，长期的动乱刚刚甫定，有全福的女人还真是不好找。马婕母亲不肯亲自动针线，可能觉得自己还不够幸福吧。

  马婕这边的嫁妆倒是准备妥帖了，可元天石除了单位里分到的一套两室一厅的房子，就再没别的了。当然也没有九九金的金戒指金项链。马婕倒并不在乎，她还嫌那金戒指金项链式样老土呢。但嘴上这么说，心里还是想要的，毕竟那克数是殷实的啊。现在既然嫁给了元天石，就应该相信将来他会让她过上好日子的。

  结婚后不久，马婕就被查出患有不孕症，对于这个刚结婚不久，对未来生活充满向往的年轻女孩来说，简直是一个晴天霹雳。就像一个好端端的花瓶上面裂了一条缝。元天石却好像看得很开，没有责怪马婕反而更加爱护她了，从医院出来的路上他一直在安慰她。

  "别难过了，没有孩子又怎么样。"

"没有孩子怎么能叫一个家庭。"

"没有孩子我们在一起生活照样会很幸福的。"元天石停顿了一下,又补充道,"和别人家有孩子的一样幸福。"

这么一说马婕更加抑制不住了,号啕大哭起来,也不管路上的人怎么看她,只要老天能让她有个孩子,让她做什么她都愿意。

不久,马婕大病了一场,元天石急得团团转,他不敢告诉马婕的父母,要不他们一定不会放过他的,但他们还是知道了。

他们来的时候带了很多的水果和补品,四只手都拎不过来,马婕看到自己的父母,又像个孩子一样嘤嘤地哭起来。向父母哭诉命运对自己的不公,哭了整整一下午,到了晚上,病好像就突然好了,整个人也轻松了起来。

元天石也是虚惊一场,他原以为马婕父母会好好数落教训他一番,没想到他们非但没有,反而表现出一丝的抱歉,那总归是他们女儿生不出孩子啊,这就是断了

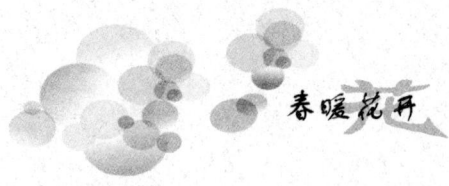

他的后啊。但表达完愧疚，马婕父母还是得替女儿着想。

"天石啊，我们就小婕这一个女儿，你要对她好啊。"

"会得，妈，我肯定会得。"

"你看你现在说会的，等我们老死了谁还知道啊。"

"妈，你放心，只要我有一口饭吃，就会有小婕一口饭吃。"

"好好好，不但要有饭吃，还得有菜吃哪。"

那天走后，马婕就彻底好了起来，和以前一样，活蹦乱跳的。可是没过多久，马婕的父亲却突然病故，说是哮喘病发作了，送到医院的时候就不行了，马婕在电话里听母亲哭晕过去一次又一次，还没等她赶过去，马婕的母亲也随着她父亲一起去了，马婕倒也没有多么难过，她是觉得生老病死，是每个人都要经历的，这样还好，毕竟父母一起走还有个伴。

葬礼办得很简单，马婕拉着元天石的手说，"现在我真的只有你了，你要对我好一点。"元天石紧紧握住马婕的手，使劲点了点头。

当天晚上，元天石翻来覆去没有睡着，终于天蒙蒙亮的时候，他喊醒了正熟睡的马婕，他郑重其事地说："我们要不领养一个小孩吧。"

马婕迷迷糊糊听到了立刻清醒了过来，她其实老早就有这个想法了，只是一直没有说，怕他不同意，现在他居然这么说了，真是太好了。

很快，他们联系了孤儿院说要领养孩子，孤儿院通知他们下个礼拜天去看。那天，马婕别提有多兴奋了，比她结婚那天都高兴，一路上，她都在和元天石说要领养一个小男孩，可是到了孤儿院才发现都是女孩，孤儿院院长说前几天刚被领走一个男孩，不过那男孩也有点小毛病。马婕摆摆手心想那还是算了，就在一个角落里，马婕看到了元亦文，那时候她还不叫元亦文，只是她那双深邃的目光让她在那群孩子里显得有些与众不同。

"就她了。"马婕指指那女孩和院长说道。

"好的，请跟我来。"一边走院长一边说，"这孩子

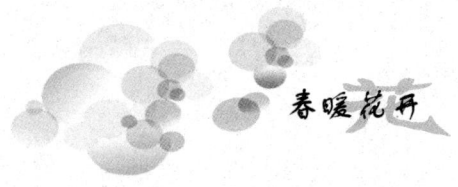

28 四岁了，父母都过世了，像这么大的孩子可能已经有点懂事了，你们想清楚了没有。"

"没事的，我们会待她像亲生孩子一样的。"

"那就好。"

手续办理的很顺利，当天晚上元亦文就跟着元天石和马婕回家了，马婕告诉她从现在开始他们就是她的爸爸和妈妈，她以后就叫元亦文，元亦文轻轻点了点头。

日子似乎开始变得正常起来了，元亦文虽然不大爱讲话，但也算是聪明懂事，一点也不让人操心，她和元天石两人上班挣点工资，日子过得很舒服。一晃七八年过去的很快。

正当马婕越来越对生活充满了希望，她觉得嫁给元天石真是对了的时候，事情却开始发生了变化。

这一切都要从那次陈建来找元天石叙旧说起。

有一天陈建突然从外地回来了，那天到元天石家里吃了个中饭就拉着元天石出去了，说是去玩玩，马婕也没在意，毕竟也难得见面。

可是之后元天石一有空就往外跑，一出去就是一下午,有时候晚上也要出去,次数多了,马婕就不乐意了,她跟元天石说了,让他少出去。可是那次,元天石居然朝她很大声地说了一句"你别管太多",就丢下马婕出去了。马婕一个人愣在那里,这哪是元天石啊,他从来没有那么大声地对她讲过话。现在她身边就只有他和元亦文了,她找谁去哭诉,她只能自己默默在房里拉上窗帘一个人流眼泪,一边流泪一边说:"他怎么能这么对我,我做错了什么他要这么对我,那时候说要对我好全是骗人的,都是骗人的。"讲到伤心的地方,抽噎的就厉害了,好像她的对面正做着一个人,正听着她讲,安慰她,那个人可能是她死去的母亲或是父亲,或者他们都在那儿。

后来讲完了,也哭累了,马婕又振作起来,她告诉自己要想想元天石的好,毕竟他也就出去玩玩,可能是自己管太多了,对啊,没什么的,她告诉自己要多想想元天石好的地方,正是这些好她才会嫁给他,既然每个人都有缺点,那么她就应该接受元天石的缺点,连同他的缺点一起爱,马婕劝说着自己,慢慢高兴了起来,就

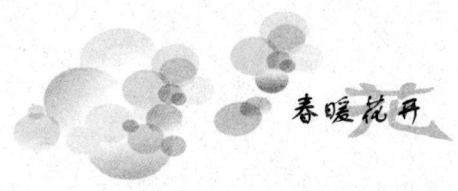

到厨房做了点点心等元天石回来。

元天石那天正好赢了钱,心情很好,想到自己出门前对妻子的态度有点不好,心里不觉愧疚起来,于是在街边买了一个仿制的手镯,包起来准备送给马婕。

那天,他们又重归于好了,就像刚结婚的时候,马婕同意元天石偶尔出去小赌,元天石也答应绝对会有个度,不会影响到工作和生活。

但这赌博有如吸毒,上了瘾就很难戒,何况还一直有人在旁边怂恿你,这人不是别人,正是陈建,但陈建倒也不是故意要这么做,主要是他也是被这毒瘾给害了。

时间久了,马婕也认命了,她开始觉得男人并不可靠,还是得靠自己。

日子本该一直这样下去,直到马婕发现自己怀孕了,去医院检查的时候马婕以为自己是吃坏肚子了,因为已经连着好几天有点翻江倒海恶心反胃,医生告诉她去妇产科查查的时候她突然就呆在了那里,她不知道是该高兴还是不高兴,她甚至怀疑医生是不是在和她讲话，在确认屋子里只有她一个人的时候她忍不住又问了一遍。

"你是说我怀孕了吗？"

"有这个可能，所以让你去那边查查。"

"不是说我不孕的吗？"

"只是几率小，还是有可能怀孕的。"

马婕不知道自己是怎么走出门口的，总之她感觉当时就像是在做梦，不管怎么捏自己怎么痛都觉得这一切像是假的一样。她一遍又一遍地看着那张纸，那张说她怀孕了的纸，她一遍又一遍地向医生确认自己是真的怀孕了，直到医生把她赶走。

她一路上轻飘飘地走回家，忘记了乘车，就那样走着回家了，不知走了多久，她没有看到路上的车路上的人，好像全世界只有她和她肚子里的宝宝。她迫不及待想告诉元天石，告诉元亦文，她期待看到他们脸上的表情，那该是什么样的表情呀。她不时地用手摸摸自己的肚子，想到那里面有一个小生命正在孕育的时候她感到多么的自豪。

首先知道的是元亦文,她没有表现出多么的兴奋,只是说"真好,妈妈有自己的宝宝了"。马婕突然意识到元亦文说的是自己的宝宝,对,她说的不是妈妈有宝宝了,而是妈妈有自己的宝宝了,马婕心里想这孩子从来没有把自己当成她真正的孩子啊,虽然她一直叫她妈妈,马婕感到有点难过,但这种难过很快就被一种当母亲的快乐感所取代了,她也隐隐担心起元亦文会对自己即将出生的孩子不好,但她又很快忘记,她现在只想和元天石分享这个天大的好消息。

元天石的反应很令马婕满意,先是疑惑再是惊讶接着是兴奋最后是难以抑制的幸福感。元亦文此刻就躲在自己房间的门背后,从门缝里偷偷看着这一切。

马婕怀孕之后,整个人都变得神气起来,她经常走到街上,有人恭喜她怀孕的时候,她便会高兴地停下来与之聊一会天,告诉他们自己现在有多么的幸福。等肚子稍大一点之后,她就开始用手撑着腰,大摇大摆地走路。她辞去了厂里的工作,专心致志地等待这个孩子的降临,元天石更是对她百依百顺,她说这他就不敢说那，她说东他就不能说西，他要让她生一个健康快乐的宝宝。

每天早上他都早早起床，准备好早餐，然后去上班，中午再赶回来，给她做午饭，晚上吃完晚饭，他们就手牵着手一起去散步，有时候他们会叫上元亦文，但亦文总说要做作业，不肯出去。他们沿着熟悉的街道，看到熟人会大声招呼，他们脸上都泛着红光，马婕会絮絮叨叨说着肚子里小家伙一会儿动了一下，一会儿又动了一下，她好像很久没有这么高兴了，她感到生活又变得充满了希望。

大苗之所以叫大苗，是因为大苗生下来的时候差点活不了，医生说给孩子取个名吧，别太好，越是普通孩子命越是硬。元天石那天正好烧了蒜苗，于是就说，就叫大苗吧。

马婕就是吃着蒜苗的时候肚子开始痛起来的，不是那种慢慢地痛起来的，而是一下子就痛得哇哇大叫，马婕自己也不知道到底是痛得厉害还是自己害怕，反正她就那样哇哇大叫着直到到了医院医生给她打了麻药。

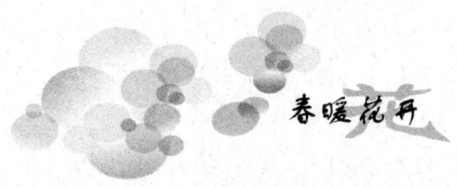

剖腹产很顺利,只是孩子一出生就没有哭,小脸都已经发紫了,医生怎么拍打都不哭,一群医生护士围着那个奄奄一息的孩子又是拍又是打,就在大家以为孩子没救了准备放弃的时候,这孩子终于哭了,而且哭得极其响亮,好像在说,"你们怎么可以这么快就放弃了我,我会好好活下去的"。医生见孩子哭了,就又七手八脚地忙活起来,他们用布把孩子包好,抱给元天石,元天石看着发紫的大苗,小心地捧在手里,说道:"以后你这个小不点就是我的公主。"

20世纪90年代初,元大苗横空出世了。

后来听妈妈说她出生的时候是长着尾巴的,后来被医生一刀给斩了。听完后大苗心里一哆嗦,原来自己也曾经像那只在砧板上的鸡,被人用刀狠狠斩过。但自从知道这件事以后,元大苗就知道自己能活下来是多么的不容易。在她内心深处,她知道她是和别的小朋友不一样的,至于哪里不一样,她自己也搞不清楚,但她可以肯定的是,那绝不仅仅是多一条尾巴那么简单的事。

大苗被抱回家的时候,元亦文正在家里等着。马婕抱着大苗进来的时候，只是让元亦文看了一眼就抱进了房间，马婕还是怕元亦文会对大苗有敌意，那句话她一直都记着，"妈妈有自己的宝宝了"。她一直想把它忘掉可是越是想忘掉却越是忘不掉。

元亦文显得有些失望，她悄悄藏起准备送给妹妹的小礼物，那是她花了好几天才选好的礼物，都没来得及拿出来，她望了望那扇被马婕关上的房门，悄悄地回到自己的房间。

马婕不知道，元亦文是恨这个家庭，可是她却爱着她的妹妹，情不自禁想要保护她，好像只有妹妹才是这个世界上自己唯一的亲人。她不会嫉妒父母对妹妹好，她希望父母对她好，她希望妹妹快乐。

大苗一直很快乐，像别的小孩一样，每天哭哭闹闹，吃完了睡，睡醒了再吃，无忧无虑。日子一天一天过得很快。

随着女儿一天天长大，元天石的赌瘾也一天天加重了，之前平静的日子又开始变得有点磕磕碰碰，但总归还算是过得去。

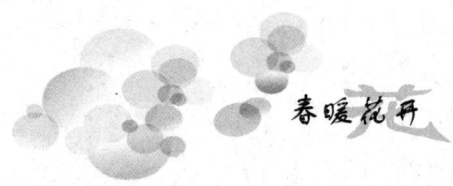

在大苗还没有出生之前，马婕就决定自己一定要好好培养自己的孩子，要让自己的孩子上好学校，以后出国念书，做了不起的大人物，这大概是所有父母都曾有过的梦想。

那时绝大多数的父母都已经有了决不能让自己的孩子输在起跑线上的思想了，于是为了让自己的孩子能比其他孩子更超前一步，都想方设法把还没有到上学年龄的孩子往学校里塞。那些成功塞进来的，好像都已经看到自己的孩子戴着博士帽毕业于某所知名大学了；而那些被拒之门外的，则唉声叹气，抱怨那些开后门的，抱怨这种不好的风气和制度，同时会讲出各种道理说明超前上学不好，孩子跟不上。吃不到葡萄的，还真是会说葡萄酸哪。

大苗不用像其他小朋友为了早上一年而找关系，因为她已经5岁了，5岁就是上幼儿园的年龄。

还没开学，马婕就带着她和元亦文去了书店，这是大苗第一次来到这么大的书店，书店里面是一排排的高矮不一的架子，上面整整齐齐地摆放着各种各样的书。

在大苗眼里，这里简直就是天堂，虽然她还不识字，可是她看到那些方块一样的图案就很开心，那些图案仿佛一个一个的谜团等着她去认识。

她也看到很多大人和小孩在里面穿梭，看看这本，看看那本，都专心致志。大苗挣脱了马婕的手，想要自己去找一本自己想要的书，马婕却又把她抱了起来，最后，元亦文买了一本参考书，大苗得到了一盒拼音字母卡片。

马婕把教大苗学拼音这个任务交给了元亦文。

现在，那些拼音卡片成了大苗的宝贝，一没事就拿出来看看。每张卡片上都写着一个拼音，下面是一幅配图。像第一张"a"，下面是一个小孩正在看牙医，把嘴巴张得大大的；像"o"就是一只公鸡在喔喔叫，每张卡片上的图案都很有意思，有些很形象，有些则帮助你发音。元亦文每天教大苗一个，等第二天教下一个的时候她会复习前几天教的，她说这样记得牢，大苗似懂非懂地点点头。

很快，在开学之前，大苗已经学了一小半的拼音了，时不时能听见她"a, o, e, i, u……"地背着。

元大苗一直对自己的名字耿耿于怀，她觉得自己再怎么也得有一个像样点的名字。像姐姐偷偷藏在枕头套里面的100块的钞票上印着的四个人，毛泽东、周恩来、刘少奇、朱德，哪个不是响当当的，自己却叫元大苗。她从不怀疑父母起名字的水平，因为她姐姐就有一个好听的名字。

每天洗完澡，大苗光着身子湿漉漉的站在镜子前，左看右看，镜子里面的那个人又小又瘦，大大的头上盖着湿搭搭的头发，两只招风耳雄赳赳气昂昂地贴在两面，最多也只能叫小苗啊，怎么也成不了大苗啊，为这事元大苗天天愁眉苦脸。

开学报名的前一天，马婕要带大苗去理发店剪头发，理发店就开在了小学旁。理发店有两扇门东西相对着，一扇在马路旁边，门旁的水泥墙上用红色的油漆刷出一个繁体的"发"字，当然元大苗看不懂那个字，但她知道那肯定不是个好地方。她喜欢另外一扇门，确切地说她不知道那两扇门是通到同一个地方的，她之所以喜欢另外那扇门倒不是那扇门有多好看，因为那扇门的旁边是一家小书店。

这家书店里的书都是旧的，有的甚至连书皮都没有了，偶尔能看到一两本崭新的，都是些比较难懂又没意思的书。但是虽然书都是旧的，但是种类倒也挺多，听说这家小书店里的书大多都是一个老教师的，大家都叫他"顽固先生"，因为他已经退休了，却不愿意离开学校。他去找校长，他说自己教了一辈子的书，他要一直待在学校，看着这些孩子。校长拿他没办法，毕竟他把自己的一生都奉献给了这所学校，于是让他管理这个书店，说是书店，其实就是一个图书馆，不会有人来买书，都是些学生来借着看。要借书的时候，只要自己选好了书，然后拿给顽固先生，登记好日期、书名和借书人的姓名，就可以拿走了。当然你也可以在那里读，那里就有一张小方桌和几把掉了漆的老式靠椅。

书店本来没有几本书，都是后来顽固先生一本一本给丰富起来的，也不知道他是从哪里弄来的这些旧书，也没有人看到他一大捆一大捆地往里面搬书，就是哪天

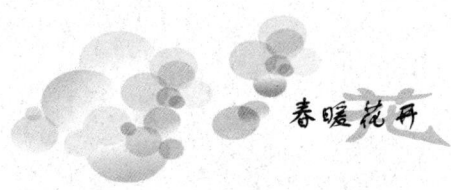

你不经意走进去,发现里面的书竟如此多了,每一本书上还都被分门别类的贴上了标签。

顽固先生很喜欢学生,据说当年他教书的时候学生都喜欢他,他不像其他老师需要用严厉的态度来威吓住学生以巩固自己的主导地位,他一直都是笑嘻嘻的,也从未见过他发火,但就是这样,不管多坏多调皮的孩子在他的课上都坐得好好的。听说他当年还留过学,去外面见过世面,这在当时可是十分了不得的事情,他本可以在国外有份很好的工作,却执意要回来,说是要回来教中国的学生,他说中国需要好的教育。大家都不知道这些是真是假,大家都是听别人说,别人也是听别人说,也不知道到底是谁说的,但有一点是肯定的,只要他决定了的事情就算十匹马也拉不回来,所以才有了今天这个小书店。

3

那天,天气很热,大苗搬了一张小板凳,坐在弄堂里。眼睛望向前方,不知道望见了什么。阳台上晒着被子,大苗想象着摸着被子的那种烫烫的感觉,冬天的时候大苗喜欢把手放在晾晒在外面的被子上,慢慢闭上眼睛,慢慢把脸也贴到棉被上,享受那片刻的温暖,但是现在大苗只想离它远远的。

突然,从远处慢慢传来拖拉机"土土土土土"的声音,大苗赶紧睁开眼睛,眼前却一片漆黑,又使劲闭起了眼,用力摇着头,再睁开眼的时候,眼前就是一块红,一块黄的了。

果然,一辆拖拉机开了进来,开到了大苗家前面的一条小路上。接着,从拖拉机上下来两个人,那俩人手拿着铁锹,在那里干起活来,不一会儿,大苗闻到一股臭味,妈妈让大苗赶紧进来。妈妈总是拿这个来告诫大苗,她说要是不好好学习的话以后就得干这个。大苗没

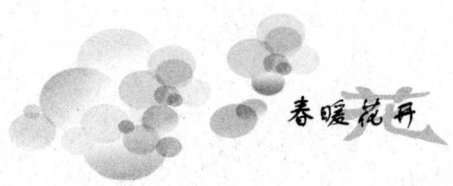

有不想好好学习,但是大苗觉得好好学习和干这个没有什么关系,她不能理解为什么不好好学习的话就得干这个,她觉得妈妈是看不起那些人,她没有把妈妈的话听进去。

过了很久,才听见拖拉机又"土土土土土"地开走了。

等那"土土土土土"的声音渐渐消失了,元大苗又回到了弄堂里,她听见前面中学喇叭里传来"一二三四五六七八,二二三四五六七八,三二三四五六七八,四二……"的声音,伴随着音乐,那声音喊得可真好听,就是喊得这么响怎么也不累。马婕看元大苗听得入神,笑嘻嘻地走过来一边蹲下来一边跟她说:"那是哥哥姐姐在做眼保健操呢,等你大点上了小学,接着是初中、高中,然后大学……"

元大苗听得很认真,她向往有一天自己也坐在教室里,听着音乐,做着眼保健操,妈妈说等上了小学就行了。

"以后你要考上名牌大学,知道吗?"妈妈摸摸她的头，你是我的女儿，你一定要比我出息。

傍晚，太阳散发的热气始终残留在空气中，马婕牵着元大苗走进小学大门。

那会儿刚好放学，少男少女们像蜜蜂一样从各个洞口涌出，本就不大的校门显然有点力不从心。大苗则完全被是她两倍高的中学生淹没了，她表情痛苦地被那些巨人挤过来推过去，好像一坨小小的面粉被人揉过来搓过去的，随意塑造成面点师傅想要的形状，完全不顾面粉的死活挣扎。终于，妈妈救了她，把她一把抱起。

逆着这股人流，马婕抱着大苗走进了理发店。

为了稳住大苗的情绪，妈妈答应理完发下次就能给大苗买一本新书，对于一个还未涉世的毛头小孩来说那已是相当大的贿赂了。可是当理发的阿姨插上电动刀的插头，那嗡嗡嗡的声音传到大苗耳朵里，眼泪就默默流了下来，大苗没有大声哭出来，她不知道自己为什么要哭，她觉得自己哭是没有道理的，所以她不敢哭出声音来，她自知理亏，所以默默地忍受着。既然眼泪是情不自禁流出来的，那就流吧，流完了就好了。

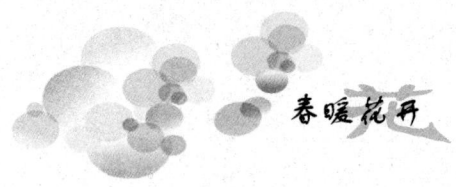

那天晚上，大苗做了一个梦，她梦见有个人追着她，她就拼命地跑拼命地跑，跑着跑着，跑到了一条小河边，岸边有一条船，船上好像正站着一个人朝她挥着手，一边挥还一边喊："快点，快点，船要走了。"大苗急急忙忙跑过去，可是船已经离开了岸边，于是她奋力地一跳，扑通一声，还是掉进了河里。大苗是个旱鸭子，只能挣扎着手脚不协调地在水里乱舞一气，嘴里不时呛了几口水。

早上醒来的时候，大苗才发现自己尿床了，看着床上湿湿的一大片，她告诉了元亦文，求姐姐不要告诉妈妈。

"尿尿尿床上没什么大不了的。"

"可是明天我就要去幼儿园了，我已经不是小孩子了。"

"胡说，上幼儿园还是小孩子，我像你这么大的时候也经常尿床的。"

"是吗？"大苗感到了一点安慰。

"你就直接告诉妈妈，并且告诉她以后不会了，我想她不会怪你的。"

大苗按照元亦文说的告诉了马婕,马婕还是嘀咕了几句,但是一想到元亦文那时候也是这样的,大苗就觉得这事也没什么大不了的。

4

早上,元天石带着大苗去幼儿园报名了。

人真多呀,大苗心里想着,这是她第一次看到那么多小朋友,兴奋得像只小鸟,到处东张西望。小朋友们一个个都穿着花花绿绿的衣裳,被大人们牵着找自己的班级。他们有的和大苗一样兴奋地到处张望,有的却躲在家长后面哇哇大哭,还有的则已经成群结队地玩耍起来了。

幼儿园不大,是一幢只有两层楼高的楼房,楼房的两侧各是一间平房,门对着门,平房的楼顶正好是两个平台。而那两间面对面的小平房,一间是老师的办公室,一间是厕所。老师全是女的,厕所也是男女混合

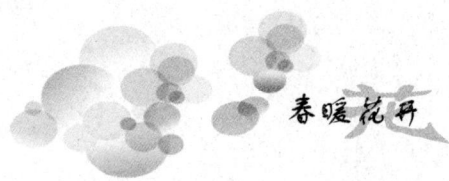

的。那时候好像根本不懂得害羞,男女同上一个厕所好像也是天经地义的事,因为在家里也是共用一个的呀。厕所里还装着一大排水龙头,每个水龙头上都吊着一块肥皂,用布包得好好的,那种肥皂是最普通的肥皂,没有牌子,味道不香,也打不出很多泡泡,但每个小朋友在老师的教育下还是坚持把小手在那上面抹一抹。大苗觉得把肥皂包在布里面很好玩,她喜欢看那块被布包着的肥皂慢慢变小慢慢变小然后老师就会换上一块新的肥皂,和原来一样,用布包好。

  大苗喜欢上幼儿园,她不像有些孩子一样,每天都会哭上好几回,早上大苗常常看到一些小朋友拖着拽着大人在地上打滚说什么也不让走,她很不解地看着他们,她想这么好的地方为什么不想来呢,有老师有同学有玩具又有书,不用像在家里那样无聊,来这里每天都是忙忙碌碌的,老师会安排好你一天要做的事情。唱歌,跳舞,讲故事,做游戏,这些事情都来不及做,真恨不得一天的时间能长一点,可是为什么那些小孩这么不情愿来这呢,大苗眼睛里满是不解,可能他们家里有更好玩的东西吧，说不定他们家有很多很多的书，就像书店里的那么多，大苗这么跟自己说。

快要落下山的太阳显得特别的大，特别的红。但此时的太阳，似乎没有那么圆了，它的边缘变得弯弯曲曲好像快要融化了一般。边上要是有云朵那就更好啦，那时，都会被夕阳的余晖映得通红通红，像是烧起来了一样。如果爸爸没有出去赌博的话就会来幼儿园接她回家，他喜欢爸爸来接她，爸爸总是站在一群家长的最前面，爸爸总是里面最帅的一个，大苗冲过去的时候他会蹲下来张开手臂，嘴里说着："我的小公主，快跳上来。"她总是用力冲进爸爸的怀里，那里是温暖的。还有股淡淡的烟草味。回家的路上，爸爸会一直抱着她，她就这样把下巴搁在爸爸肩上望着身后的影子，希望日子每天都能这样过去。

5

　　幼儿园的老师都很年轻,能歌善舞,说话轻柔,长发飘飘。幼儿园会根据不同年龄大小开设不同的课程,像小班的孩子是学音乐,到了中班开始学画画,再到大班,会开始读一些儿童图书。大苗现在还没有学画画也不能读儿童图书,但她却十分向往,看到那些比她大点的孩子拿着五颜六色的油画棒在纸上画画的时候,大苗眼里满是羡慕,就是能摸一摸那油画棒也是件幸福的事呀,她想着应该很快自己就也能画画了。

　　陈小娆是大苗的第一个朋友,是个皮肤白皙眼睛圆溜溜的女孩子,很漂亮所以大家都愿意跟她玩。大苗则不同,她不太会主动去跟别人说话,长得也不起眼,黑黑瘦瘦的,所以总是孤孤单单一个人,虽然她很想和别人在一块,也不想总是孤孤单单的。

　　大苗是鼓足了勇气才走上前去让陈小娆答应做她的好朋友,陈小娆看了一眼大苗,想了一会才说:"可以是可以，但是你必须答应我一个条件。"

大苗非常高兴，忙说道："好的，我答应你。"

"我还没说什么条件了，你就答应啦，以后我们玩过家家的时候你必须给我们做佣人。"

大苗没有想到条件就是替她们做佣人，大苗觉得没什么，至少这样她就有朋友了，不会再一个人了，她毫不犹豫地答应了下来，反正也不会少块肉。

后来，她们玩的时候会叫上大苗，大苗也同说好的那样，给她们做佣人。可是没过多久大苗又一个人了，那次她们不让她做佣人了，那些小女孩想出了新的玩法，她们让大苗趴在地上，她们要骑在她身上，大苗就不乐意了，大声朝她们说道："你们自己玩吧，我还不乐意和你们玩呢。"

小女孩们先是愣了一会，然后都笑了起来，她们朝着大苗的背影笑得很大声，大苗心里很难过，但是她没有流泪，她以为眼泪会情不自禁地流下来，可是这次她忍住了。

每当看到她们玩着过家家的游戏，她就感到深深的

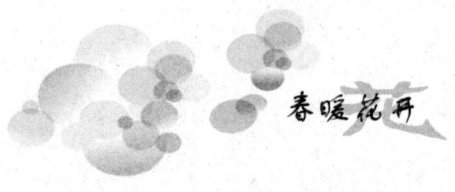

不屑,她告诉自己根本不喜欢玩那些。

她只是盼望能快点上中班,这样就能用那些好看的油画棒了,这样即使一个人也不会觉得很无聊。

可是马婕又怀孕了。

6

在元大苗眼中,如果谁说她爸妈感情好,她一定不会认同,也不能怪她,好像就是从她有点懂事起,她的父母就没停止过争吵。说是争吵可又算不上是真正意义上的争吵,因为每次都只有马婕一个人在说,而元天石则在一旁默不作声,一言不发地听着。

大苗记得有一天,她记不太清了,但是那天她迷迷糊糊听见隔壁的房间传来阵阵吵闹声和摔东西的声音,就一骨碌从床上爬了起来,站在元天石和马婕房门口,那个场景她大概一辈子也忘不了了。马婕站在床上,披头散发的,手里拿着枕头,正朝着元天石大哭大喊,大苗听不清她在讲什么,只看见她满脸都是眼泪和鼻涕,再看看元天石，正不知所措地站在床边，一边的头发还翘着，他们看上去都那么的狼狈，好像刚刚经历了一场战争。

看到大苗站在门口，元天石赶紧抱起大苗，亲了亲她挂着泪水的脸庞，轻声告诉她没事，再去睡会。大苗分明看到元天石眼睛也红肿着，不知是没睡醒还是也哭过了。

但事实上并不是如元天石说的那样，马婕的哭闹是有原因的。

马婕这次怀孕可不像怀大苗那样，因为这是第二胎，所以要生下来的话就必须交罚金，这是规定，生一个是好的，生两个就是超生了，不符合计划生育政策，元天石和马婕都知道这一点。但他们所持的观点似乎不太一致，马婕希望能生下这个孩子，元天石则一直保持沉默，没说要生也没说不要生。

那天，马婕又说道自己一定要生下这个孩子，说只要交出两万块钱就可以了，马婕很想要这个孩子，她已经去医院做过B超了，医生说是个男孩。马婕是高兴地

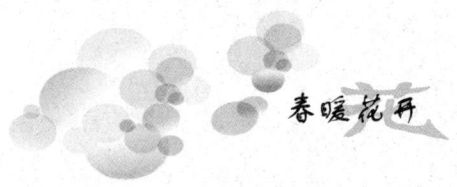

告诉元天石的。谁知元天石让她把孩子打掉,理由是家里已经有两个孩子了,再多一个孩子负担会很重的。马婕听了元天石的话就开始哭起来,说自己非要生下来,说着说着元天石也不耐烦了,他告诉马婕说家里的钱已经全部被他输光了,没有钱再去交罚金了。

　　元天石说的都是实话,他把家里的钱输光了已经有些日子了,他一直没敢告诉马婕,今天她又说到孩子的事,就狠狠心告诉了马婕,马婕哪里能受得了,天哪,他居然把家里的钱全输光了。马婕一下子从床上跳了起来,拿起枕头就开始往元天石身上砸去,一边砸一边哭,"你这个没良心的,没脑子的,你让我们怎么活啊!呜呜,你就光想着你自己了,你个没良心的,呜呜!这孩子我是死也要生下来的,都是你,你给我弄钱去,谁让你赌钱,我让你去赌,你去死,你怎么不去死啊。"然后就是乒乒乓乓的摔东西声,直到大苗出现了,这场战争才暂时停止了。

　　但是大苗一直没有睡着,她知道元亦文也没有睡着,她轻轻地问元亦文发生了什么事情,告诉她自己很怕，元亦文只能安慰她，告诉她没事。但是大苗知道不是没事，她知道发生大事了，整个晚上她都睁着眼睛，竖着两只耳朵听隔壁的动静，她怕他们离婚，她甚至担心他们中一个会把另一个杀掉，这些都是在电视剧里看到的，她感觉这些都要变成真的了。

元亦文也一直睁着眼睛，他们的吵闹她都听到了，她知道马婕又要生一个弟弟，知道家里现在已经倾家荡产，她很担心，她隐隐觉得一切都要变了。

但是这变化来得太快太突然。

7

在大多数小孩心里，都有一个他们自己的世界，那个世界里充满他们心中美好的憧憬和向往，在那样一个世界里，他们不用做那些讨厌的事，不会有那些讨厌的人，他们自由自在，无拘无束，所有的一切都是围绕着他们转的，那里不会孤单，没有悲伤。他们甚至会碰到阿拉丁神灯里的那个精灵。

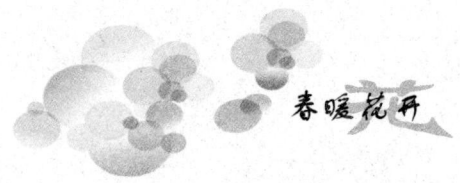

精灵说:"我可以满足你三个愿望。"

于是爱耍小聪明的他们只许了一个愿望:"我以后许的每一个愿望都会实现。"

大苗想如果她能碰见精灵,她该许下哪三个愿望。也许是希望自己能继续去上学;也许是希望爸爸能不再去赌博;或许是希望自己快点长大。她常常恨自己为什么不能长得快一点,她觉得成长好漫长,自己却总是没有长大,长得像元亦文那么大。

马程才还是出生了,他没有像她姐姐那样憋了好久才哭出声来,元天石没有接过自己的儿子直接让医生抱去给马婕,马婕心疼地看着这个儿子,她觉得自己会更爱自己的儿子,不管付出什么代价都要让儿子过上好日子,可她这样想着又觉得不妥,但即使心里有愧疚她还是会多爱自己的儿子,就像生大苗的时候,她也知道她会更爱大苗,现在也一样,她会更爱这个刚出生的儿子。

大苗看到家里多了小弟弟还是很高兴的,又是亲又是抱的,元亦文只是在一旁看着,无动于衷,她好像已经看穿了马婕的心思，她觉得马婕会像当初更偏爱大苗一样更偏爱这个儿子，她替大苗担心，她心疼大苗，同是自己的弟妹，元亦文却怎么也喜欢不起来这个弟弟。

这个夏天异常的燥热，外面静得一丝风都没有，大苗还是喜欢待在弄堂里面，那儿是最凉快的地方了。马婕已经没有时间去叮嘱她的学习，她现在正忙着给马程才喂奶换尿布呢。大苗则由元亦文带着。

元亦文从自己的学校带回了一些彩色粉笔，虽然都是一些断了的粉笔，但大苗还是很开心，她说："姐姐你来教我画画好不好，等开学的时候我就要学画画了，我们就画拼音卡片上的图画吧。"

很快，弄堂两边的墙上就被她们画满了图案，有小动物、水果蔬菜，还有交通工具，原本光秃秃的墙壁一下子变得五颜六色起来，元亦文直夸大苗画得好看。

眼看着离开学的日子一天天近了，马婕实在不知道该怎么开口说让大苗的学业停一停，马婕自知理亏，是她非要生下马程才被罚了两万块钱，但是她又觉得这一切都是因为元天石把钱赌光了，现在家里还欠了几万块

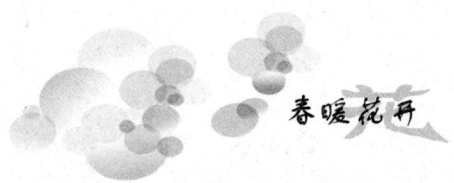

的外债。其实不停学也是可以熬过去的，马婕转念一想，自己的儿子也一晃就要长大，而且幼儿园也是可读可不读的，还不都是去玩的，也学不到多少知识，等大苗上了一年级，再去读也不迟，况且还能让元亦文教大苗。马婕越想越觉得这办法能行。

吃完晚饭，元亦文正收拾碗筷，马婕没有像以往那样抱着马程才唱着儿歌，而是过来和元亦文一起洗碗。

元亦文知道马婕一定是要说什么了。

"亦文啊，我跟你说个事，你看成不。现在你也知道家里的情况啊，嗯……"，马婕有点支支吾吾的，"你看大苗下个学期先在家里待着。等家里……"

还没等马婕说完，元亦文就嚷起来，"那怎么行，大苗还这么小，怎么能让她辍学在家，你让她怎么想，让她的同学怎么想。"

"现在她还小，不懂的，等到了一年级再送她去也不迟啊，反正现在的幼儿园不过是帮着照看孩子罢了，也学不到多少东西的。你也要上大学，家里实在是开销不起啊，等把债还了，到时候……"马婕越说越轻，元亦文再没说一句话,她知道马婕已经决定了。

她觉得马婕说的也不是完全没有道理,但是她知道马婕这样做更多的还是考虑到马程才,她觉得这样对大苗不公平,她想自己是不是应该放弃读大学,自己本就是孤儿,读了这些书也够了,那既然这样,她出去挣钱,好歹也能让大苗过得好一点,如果马婕更爱弟弟,那她就要更爱大苗。

暑假还没有结束,星期天的时候,趁着马婕休息,马婕说要带大苗去书店看看,大苗高兴得直拍小手,一路上一会说要买这个,一会说要买那个,好像马婕真要全给她买下来一样,只是想想也是如此的高兴。

书店还是和去年来的时候一样,几乎没怎么变,马婕告诉大苗她可以买一盒12色的油画棒和一本书,大苗乐坏了,兴奋地在书里面穿梭着。她先选了一本带拼音和彩色插图的格林童话集,是那种硬纸板面的精装书,马婕瞄了一眼后面的价格,觉得很贵,但也不好说什么,可是过了会大苗却自己默默地放了回去,又在那边选了好久,最终选了小一点的,里面也没有彩色图画

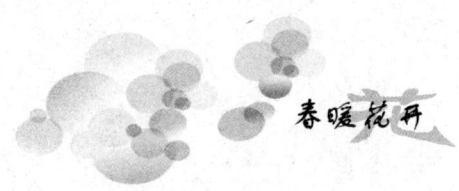

的格林童话。马婕突然眼睛湿湿的，她想不出来一个才6岁的小孩为什么不选那本好看的彩色书却选择了一本没有图画的书，她其实知道，只是假装告诉自己不知道，她想既然这孩子这么懂事，就不必她多费心了。

之后她们来到了文具店，马婕给了大苗10块钱让大苗自己进去买。

"小朋友，要买什么呀。"售货员阿姨热情地问大苗。

"我要买一盒油画棒。"

"好的。"售货员一边说一边递过来一盒36色的油画棒。

大苗赶紧摇手并补充道："不是的，我只要12种颜色的。"

"只要12种颜色的吗"，售货员显得有些失望，12色的就不如36色的赚钱多了，如果12色的每盒能赚2块，那么36色的就能赚6块。

"是的"，大苗斩钉截铁地说。

"但是36色的颜色比12色的多很多呢，画出来的画也更好看呢",售货员还是不放弃,试图说服大苗买下36色的。

大苗却还是不为所动,直接说:"我妈妈说买12色的。"

听到这,售货员似乎望见了在门外面等着的马婕,这才放弃了打算诱惑大苗买36色的念头,直接说道:"一盒是8块钱。"

大苗高兴地把油画棒拿给马婕看,并把找的零钱给马婕,马婕说:"你留着自己存好,以后去买东西找到的零钱就自己拿着,你看好不好,等存多了就可以带你过来买书。"

大苗使劲点了点头,告诉妈妈说自己需要一个储蓄罐。马婕说回去让你爸爸给你做一个。

回家的路上,马婕一直想要开口和大苗说,可是几次张口了就是没把话说出来,她也看得出来大苗是多么期待去上学的,大苗一直这么听话。眼看着马上就要到家了,马婕对自己说,既然孩子这么听话懂事她一定能理解自己的,一定可以的,况且她这么自觉,在学校和

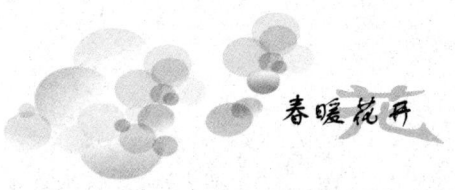

家里都是一样的,只有不乖的小孩才需要被送去幼儿园。马婕给自己壮着胆。

"大苗,你喜欢去上学吗?"

"喜欢啊,妈妈,上学可以学到很多好玩的东西,而且下个学期我就可以学画画了。"

"那你在家里也能学画画的呀,你看要不这样,下个学期你就在家里学画画好不好,等到了一年级的时候,妈妈再送你回学校去好不好。"

"妈妈,我哪里做得不好了吗?你不让我上学。"大苗听到妈妈的话,有点委屈,她不知道自己哪里惹妈妈生气了。

"没有,大苗,你一直都是妈妈的骄傲,只是因为家里多了小弟弟,你爸爸又……"

"我知道了,妈妈,我就在家里学画画。这样还能看着弟弟呢。"

马婕轻轻搂住大苗,心里很难过,她们一起走回了家。

吃过晚饭,元亦文说有事要说,于是马婕、元大石、元亦文坐在一起开了个家庭会议。

天花板上的日光灯有一点老化了，不停地跳闪着，还伴有"嗞嗞嗞"的声音，让人眼睛发花，耳朵有点耳鸣，头也有点痛。

"今天坐着感觉怪庄重的哦，我们好像从没有这样一本正经地坐在一起。"马婕说道。

"嗯，是的，这件事需要我们一本正经地去对待"，元亦文说道，"我来到这个家已经快十四年了吧，我是个孤儿，是你们领养了我，我很感谢你们。"

此时此刻，大苗正躲在门背后听着这一切，她很惊讶原来元亦文并不是她的亲姐姐。

元亦文继续说："你们把我养这么大已经尽到责任了，我也已经成年了，可以自己独立了，现在家里的情况我也很清楚，我也不想再成为你们的负担了，过几天我就要到外面去打工了，也许会边工作边学习，我会帮着照应家里，但是你们不能让大苗停学。"

"谁要让大苗停学？"元天石突然问道，然后直接把头转向马婕。

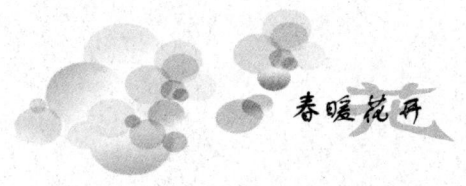

"我这不也是为长远利益打算吗,我是想这幼儿园本就是可读可不读的,幼儿园你说能学到些什么东西。"马婕把自己想了很久的话说了出来,她在心里已经念了好几百遍了吧,所以说出来的时候很流利,好像是背出来的稿子一样,都没有停顿一下。

"是的,但是问题的关键是大苗已经去上了一年学了,你突然不让她去了,留在家里,她怎么想,她的同学和老师怎么想。"

"我都和她说好了,她也挺乐意的。"

"乐意?妈妈你怎么能说出乐意两个字呢,你说大苗心里能高兴吗,她心里该有多委屈啊,即使她说乐意那是她懂事,你还不是为了那个小的,不都一样是你自己的娃吗?"

马婕心里又咯噔一下,元亦文始终没把自己当成她自己的娃。"我是看大苗那孩子挺自觉的,在家也一样能学好的,少上这两年又有什么关系。"

"我不是说这两年能学到多少东西,是不去幼儿园的话大苗心里的难过你们能了解吗?"

马婕和元亦文在那里越讲越激烈,谁也不肯让谁,元天石一言不发地坐在那里一个劲地抽烟,他在自责在内疚,他觉得这一切都是他造成的,她的小公主就要辍学在家了,他没脸发言,他不敢赞成不去也不敢说要去,他只能默默坐在那儿。

大苗在门后面,眼泪已经不知道夺眶而出多少次了,听着妈妈和姐姐的对话,她一会儿委屈一会儿难过,一会儿又告诉自己不要哭,姐姐的话说到了她的心坎上,是啊,她是多么想去上学啊,可是她已经答应妈妈了。她还是心理存着一些侥幸,她想可能妈妈最后会让她去的。但是很快她的一点希望也破灭了,她听到马婕说道:"不用再说了,就这么决定了,等一年级的时候再去也不迟,现在就在家学习也是一样的。"

即使妈妈已经跟自己说过了不去学校的事了,她也答应了,但是现在听到妈妈这样肯定地说出这些话的时候大苗还是伤心地哭了起来,她一直觉得妈妈是偏爱弟弟,但她始终不愿多去想,她还是愿意相信妈妈是一样爱他们的。大苗用嘴巴咬住自己的胳膊,咬得生疼生疼

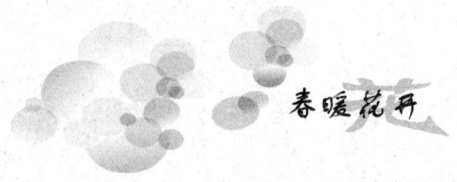

的，她觉得好痛。

马婕说那些话的时候，自己心也是痛着的，大苗也是她身上掉下来的一块肉，她怎么能不爱她呢，要不是现在情况特殊，她怎么能不让她去念书呢，她已经无数次地安慰自己大苗会懂的，她想掩盖自己对儿子的那点偏爱，那是她自己都无法控制的私心，可她又不想让这偏爱看起来那么明显，她自认为不是一个称职的好妈妈，但是她心底里又觉得大苗和她一样，是不会被这些吓倒吓怕的，她会一直坚强地长大，会比任何人都要好。

晚上，大苗躺在元亦文身边，努力抑制着不让自己哭泣，可是元亦文搂着她的小肩膀说你还有姐姐呢，姐姐只疼你一个的时候，大苗又开始抽搐起来，那本来就瘦小的身体现在看来更是不堪一击。

元亦文是真的疼在心里，她不知道该怎么去抚慰这颗小小的受伤的心，只是说："明天姐姐教你画画，好不好？"

大苗哽咽着说道："好。"

不知不觉中，她们都沉睡过去。

第二天早上，马婕突然来告诉大苗说她可以去学校了。大苗不敢相信地拉着马婕的手，一遍又一遍地确定是不是真的，马婕说："小傻瓜，这还能有什么假的啊，学当然是要去上的呀。"

"那妈妈你为什么昨天说我不能去上学了，你还和姐姐辩论了好久。"

"那是在考验你呢，看你乖不乖，懂不懂事。"

"那我乖不乖，懂不懂事呢。"

"你很乖也很懂事，所以妈妈会让你继续去学校的，但是去了学校你要更乖更懂事，要认真学习，知道吗。"

"妈妈，我会认真学习的。"大苗很肯定地告诉妈妈，同时也是告诉自己的。

大苗觉得这简直是一个梦，自己居然又能去上学了，她想把这个好消息告诉元亦文和爸爸，可是找遍了屋子也没有找到他们，去哪了呢，大苗想着，那就等他们回来了再告诉他们也不迟。

大苗正准备拿出油画棒，马婕在外面喊着："大

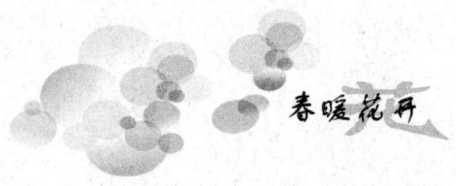

苗,出来吃早饭,赶紧了,上学要迟到了。"

大苗疑惑地跳下椅子,跑到外面,"现在不是暑假吗,怎么开学了呢?"

"暑假都结束了,快点,把早饭吃了,要不就赶不上时间了。"

大苗看着马婕严肃的表情,不像是在开玩笑,觉得可能暑假真是结束了,自己每天都过得差不多,都不记得日子过了多少了,今天居然一下子就要开学了,这可是自己一直盼望着的日子啊。

大苗一边吃早饭,马婕一边帮她收拾东西,给她别上小手帕,带上她的油画棒,一边说:"今天开始你要自己去学校了,学校不远,自己去可以的,学校的路认识吗?"

"认识的,妈妈。"大苗觉得自己去也无所谓,正好还能一边玩耍呢,于是拎上装着油画棒的小包就上路了。

去学校的路大苗已经走了无数回了,她想她闭着眼睛也能走得到。只要一直走到化工路,然后再拐进中间的一条小路,看到一条桥的时候再拐进去一会就能到了,这是那时爸爸接大苗时走的小路。

大苗喜欢那条小路,有可能是因为那是她和爸爸一起走的路,所以她才特别喜欢,也许吧。小路很狭小,只容两个人刚好挤挤地一起走过,大苗一个人走得话还算宽敞。路的两边长满了野花和野草,各种各样的颜色,简直比花坛里的还要多还要好看,它们自由地长在那里,没有人去特意的栽培,给它们施肥或是浇水,甚至很少有人会注意到它们,可它们却还是在那儿生长了起来,还长得如此好看!

大苗喜欢那些花草,爸爸能把它们的名字都一一说出来,不光如此,他还能说出那些花草的来历,一大串一大串的,每次大苗都听得很入神,好像爸爸讲的那些都是真的一样。大苗知道爸爸讲的不是真的,至少有些不是真的,因为有一次爸爸把两种不同花的名字说成了一样的了,大苗没有说出来,她还是一样喜欢听爸爸讲那些花的故事。

大苗沿着熟悉的路走着,拐进了那条小路,那些花

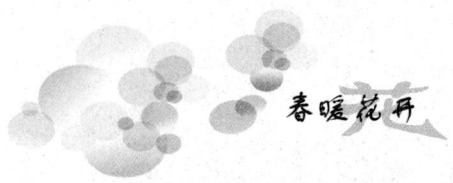

草都还在,大苗高兴地看看这朵,摸摸那朵,一边还回忆着这朵叫什么,那朵有什么来历。那朵白色的花,大苗记得很清楚,爸爸说那种花我们这个地方本是没有的,是很久很久以前,来自遥远的北方的一个老人带来的,可能比北方还要再远上很多,可能快要接近北极了。大苗问北极是哪里,爸爸告诉她北极就是一个雪白的世界,那里就像在冰箱里一样,什么都是白的,爸爸还说,那里的人都是住在冰洞里的,大苗很好奇,她想如果自己住在冰箱里的话应该会被冻死吧,她顿时觉得生活在北极的人是多么的了不起,那么来自北极的花也应该是非常了不起的。爸爸最后补充了一句,所以这朵花也是白色的。

"爸爸,它现在来到这么热的地方会化掉吗?"

"傻孩子,你看它不是好好地长在那儿吗。"

大苗看得出了神,才想起了自己还得去上课,赶紧往前走。走啊走,始终不见原来的那条桥,大苗在路上来来回回走了好久,就是找不到原来那座桥了,眼看着太阳都快到当头顶了,大苗急得要哭了。

大苗开始问路过的人，可是他们都摇摇头，急匆匆地走了，后来，终于有人告诉她，"是不是那座桥啊？"大苗顺着那个人手指的方向，终于看见那座桥了，可是桥那边围了好多人，怎么回事呢，大苗挤进人群里，原来桥上破了一个大洞，现在那些人正在补那个大洞。

大苗急了，自己还得去上课呢，于是问旁边的人，"叔叔，这桥什么时候能修好啊？"

"这恐怕是要修个几天呢。"

"可是我还要过这条桥去上课呢。"

"这样啊，你看这样行不，我正好有条小船，我借给你，划到对面你去上学。"

大苗想着也只能这样了，就答应了，跟着那个叔叔走到河边，那里果真有一条小木船，船里还放着一条桨，大苗坐到船上，回头想和那位叔叔道谢，却已经不见人了。大苗拿起身边的船桨，使劲划了起来，船动了起来，大苗很高兴，她想快点划到对岸。

划着划着，大苗发现对岸始终离自己那么远，不管自己划得多么用力，对岸似乎永远也不能到达，大苗心

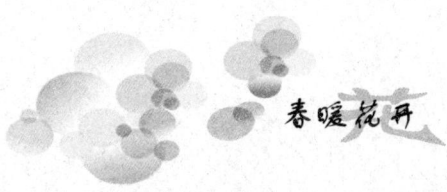

里感到很害怕,她想往回划,回头发现已经离开岸边好远好远了,四周都是白白的一片,什么也没有,只有她一个人在水中央,大苗哭了,哭着喊着爸爸妈妈还有姐姐。

　　大苗最后是被元亦文喊醒的,醒来的时候还以为自己正要去学校,着急地告诉元亦文自己要迟到了,元亦文拿毛巾给她擦了擦头上的汗,告诉她做梦了,大苗这才发现自己正躺在家里的床上,外面天还没有亮,只听见青蛙在田里"呱呱呱"地叫着。

8

　　暑假的时候,学校里空无一人,只有顽固先生还待在他的小书店里,那里不像别的地方,有双休放假什么的,那里终年都开着,不管刮风还是下雨,只要你想去,顽固先生都会在那里,就连春节也不例外,好像那家小书店就是他的家。

　　关于顽固先生的传言很多,人们一开始还好奇地去他那证实，可是顽固先生从来不说一句话，久而久之，人们也就不再去问他了，只知道他是一个奇怪的老头子，但有一点大家也都是肯定的，顽固先生是一个好人。

大苗知道好人的反义词是坏人，但是至于什么是好人什么是坏人她还没有弄得很明白，她只知道，像顽固先生这样把书借给别人看的人就是好人，马路上那些帮着大家扫地的人也是好人，而前面那户人家有个经常打他家狗的叔叔应该算作是坏人。大苗有时候想自己可能也是坏人，因为自己有时候会把地上的小蚂蚁用手捏死，认识到这一点后，大苗再也没有去用手捏死小蚂蚁了，有时候走路还特别小心，总是低着头，生怕踩死了什么东西，马婕看到她这样奇怪的走路姿势，给她指正过很多次。

大苗告诉妈妈自己这样走路是有原因的，她不希望自己是一个坏人，听了大苗的话，马婕有点哭笑不得，她告诉大苗如果不是故意的，大部分的时候那是可以被原谅的。于是大苗释然了，她也觉得低着头走路很累，

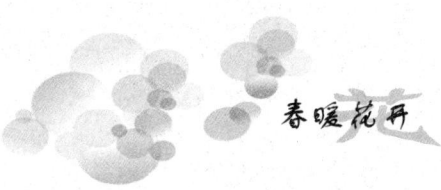

既然妈妈这么说了，只要不是故意的就好，那样的话做一个好人就轻松多了，大苗心里想着。

最近几天元亦文几乎天天都会去顽固先生那里。

顽固先生教过她一年的语文，元亦文记得他和别的老师不一样，他不会让他们一遍又一遍地深情朗读课文，不会让他们把生词抄了横一遍竖一遍的，也不会让他们把一个句子琢磨来研究去，最后非要把那句子说出点名堂来。顽固先生通常只是让他们把课文看个一两遍，然后他可能会给你讲关于作者的一些有趣的事情，或者是和文章内容有关的一些知识，他讲得非常精彩，同学们都喜欢听他上语文课，而他的语文课有时候更像是历史课、政治课，或是哲学课，有时候刚讲到高潮的时候，下课铃就响了，同学们只能扫兴却又满怀期待着下一堂课的到来。

虽然同学们都喜欢顽固先生，可是最终的考试成绩却始终不能让家长满意。学校的领导也多次找顽固先生，让他不要按照自己的方式教孩子，这样会误了孩子的前途的。

顽固先生说"我知道了"。可是顽固先生却始终没有改变，还是那样教着，学校领导看他年纪也快退休了，就随着他的性子去了，反正也教不了几年了。

只有顽固先生自己心里清楚，他那样教孩子才不是误了孩子的前途，他是救了那些孩子啊，他常常跟孩子们说，要多读书，读了书见识自然就广了。有时候他甚至会在语文课的时候给孩子们读一节课的书，都是他摘抄下来认为很好的片段或是句子，读完了他也不去点评，他会让孩子们自己去品味，他知道他说的只是他的感觉，如果让学生们自己想，那这种感觉应该是各不相同的，学生们应该有自己的想法，如果想法都和自己的一样了，那进步又在哪里呢？当然，等学生们想好了，想够了，他也会稍微发表一下自己的看法，然后让同学们各自发表一下自己的看法，有话则说，无话则不说，他不是强迫每个人都需要有感受。学生们在有了自己的想法以后再去欣赏别人的看法，完善自己的看法，这样思路就开阔了也完整的多了。

后来人们听说顽固先生教的学生到了高中的时候成

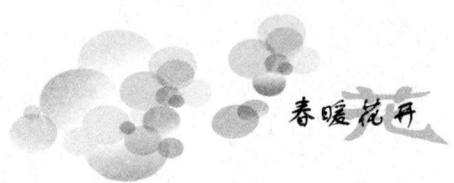

绩都一下子上去了，大家都觉得奇怪，但同时对顽固先生的看法也有所改变了。顽固先生根本不在乎这些，他只是在教书，别人怎么看自己又有什么关系，他只要对得起良心，对得起他讲台下面坐着的孩子，他就没有什么好计较的了。

不时的，你会看到顽固先生的小书店里坐着一两个年轻人，他们都是他的学生。只要是被他教过的学生，没有一个不说他好的，他是个好人，更是一个好老师。

他不是为了生活而去教书，也不是为了在讲台上展示自己的渊博知识而去教书，他的教书仅仅是教书，纯粹的没有别的一丝私心，也只有这样的教书才能教出好的学生，才配得上学生的一声"老师"，虽然大家现在都叫他顽固先生。

元亦文去找顽固先生，一是告诉他自己的打算，二是希望能得到他的鼓励。

第一次去的时候，顽固先生正架着眼镜看一本已经发黄了的毛边书。看到元亦文来了，他很高兴地招呼她坐，并给她泡了一杯茶。

"陈老师。"元亦文叫了一声这个曾经教过她的老师,她不知道他还记不记得自己,毕竟他教过的孩子数也数不过来。

"是元亦文吧,你那时候是坐在最后第二排吧,那时候我就觉得你的眼睛与众不同,透着它望进去,像是能看到希望。现在还是一样,虽然里面多了一些东西。"

元亦文有点受宠若惊,她并不知道老师原来也曾关注过她,像她这样的孩子,很少会有人注意到。

"找我是有什么事吧?"顽固先生把元亦文从记忆中拉了回来。

"也没什么,就是找个人说说,也不知道和谁说。"

"行那,反正我这老头子现在闲得慌啊,想说多久都没关系,今天说不完明天再来。"顽固先生这么一说,本来还有些拘谨的元亦文突然也就放松了,现在顽固先生就像一位爷爷一样慈爱又有那么点幽默,让人的烦恼也忘了大半。

"是这样的,我想放弃上大学的机会,出去打工。"

"哦?"顽固先生并没有元亦文预想那样表现出过多

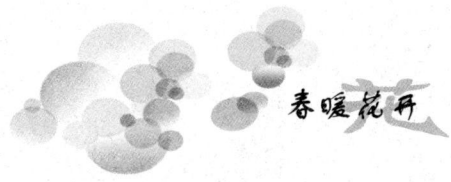

的惊讶,只是轻轻地说了一声"哦?"然后等着元亦文继续说下去。

"我家里最近发生了一点事,我觉得我现在暂时先放弃学业,出去打工,然后边工作边学习,等家里情况稳定了,再继续把书念下去。"元亦文停了停,像是在等顽固先生。等了一会儿,想继续说点什么,发现自己好像都说完了。

"书是肯定要读的,倒也并不是说现在一定要去上个大学,大学什么时候都是能上的,就看你自己是怎么想了,读书读书不是一定要在学校才能读书,学校呢,只是提供了一个适合读书的好地方,当然这也不是必然的。"

"嗯。"元亦文点点头。

顽固先生喝了口水,继续说道:"我想其实你都已经替自己决定好了吧,你是个有主意的孩子,不太讲话,却知道自己要干什么,该干什么,你这样的孩子,我不担心你的将来。只要你努力,按照现在的想法坚持下去,不会有什么大问题的。"说着,他笑了起来,脸上的皱纹也马上簇拥到了一起，看上去更加慈祥了。

元亦文向顽固先生道了谢，心里久久也不能平静下来，从小到大，从来没有人这样去评价过她，肯定过她，现在她的心更加坚定了。

接下来的日子，元亦文几乎天天都会去顽固先生那里，在那儿，她可以看各个地方的报纸，她会在报纸上找一些招聘的广告，看到有合适的，就记下来，记笔记本上，她在为接下来的生活作计划。

有时候，她会带着大苗一起去。

大苗第一次知道那个地方就是去那边理发，她从那扇门里面看到屋子里的书，虽然没有书店的多，但那也已经是很多了，大苗想那么多书她要看多久呢，可能要看一辈子吧，可能一辈子都看不完，一辈子有多长呢。

知道元亦文要带自己去那个小书店的时候，大苗高兴地在屋子里跑了好几圈，接着元亦文告诉她，她可以在那里看任何一本书，并且什么时候都可以去，只要她愿意。大苗又兴奋又疑惑地问："我一个人的时候也能想什么时候去就什么时候去，想看什么书就看什么书

吗?"

"是的,我亲爱的大苗。"

得到了姐姐肯定的回答,大苗觉得自己简直太幸福了,自己幸福得好像要飞起来了,她想,可能这是老天知道她不能去上幼儿园所以特别给她的补偿,她觉得这样的话自己并不吃亏,反而赚了,她不必再可怜巴巴地求着别人和自己玩,不用再担心自己一个人,她可以去看书,可以和书交朋友。

可是自己还没认识几个字,怎么办呢。大苗又愁眉苦脸起来。

元亦文早把大苗看穿了,她拉过大苗的手,把一本小小的蓝色封面的新华字典放在大苗的小手里,"放心吧,在我走之前我会教你一些简单的常用的字,再教你怎么查字典,这样基本上就可以看懂书了,如果有不懂的你可以问那个书店的老爷爷,你可以叫他顽固爷爷。"

大苗使劲点着头,她感谢上天给了她这么好的姐姐,她相信她的姐姐是世界上最好的姐姐。

8月份很快就过去了,9月份也如期来到了,当别的孩子背着小书包去学校上学的时候,大苗还是忍不住跑去看了看,她两手抓着围墙中间的铁棒,瘦瘦的小脸卡在两根铁棒中间,两只眼睛直溜溜地望向里面,值班的老师以为她迟到了,正要给她开门,"迟到了吧,快点进去,别的小朋友都要开始做早操了。"

大苗还是傻乎乎地站在那里,如果自己真是迟到了那该多好,这样自己就能走进这扇大门,走到教室里,走到空地上,她可以继续看着厕所的肥皂慢慢变小直到老师换上新的大肥皂,她可以站在二楼的阳台上看着其他孩子在前面的大型玩具上玩得不亦乐乎,她可以做很多事,可惜现在这一切都化成了泡沫,但至少我可以在顽固爷爷那看书了,大苗这样安慰自己。

"我不是这儿的学生,我不来这上课的。"大苗抬头告诉那个要给她开门的老师。

那个老师将信将疑地看着大苗,她也不知道这到底是不是这里的学生,她可能觉得这小孩是不想上学才这么说的,但是她又懒得去里面核实,就摆摆手跟大苗说:"不是这儿的学生是不能站在这里的,赶紧回家去

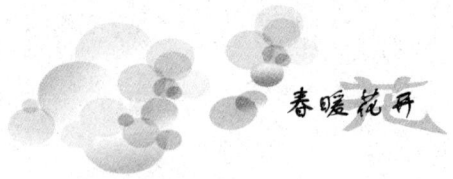

吧。"

大苗有点委屈，她想告诉那个老师自己曾经是这里的学生，但是她什么也没有说，却始终舍不得离开。

这时，课间操的音乐响起来了，那老师似乎是要进去了，见大苗还站在那，朝她挥挥手说："快回家去吧，你家里人该着急了。"说着便走到教室前面的空地上指挥学生排队了。

课间操的音乐没有换，大苗还能很快跟着节奏哼起来，她一个人静静地站在铁门外看着里面的一切，看着小朋友们从一个个教室里挤着跑出门口，老师则在后面喊着："大家排好队，不要挤，不要推，一个接着一个走。"

本来大苗也会是其中一个，也会在窄小的过道里被挤来挤去，然后挤到外面的空地上，人就一下子散开了，大家好像一股股的小河流突然汇入到了大海里。此时此刻，他们都各自找着自己脚下的红点，动作快的孩子老早就站好了，在那里得意洋洋地东看西看；动作慢的则找的晕头转向，有的不得不在大家都站好了之后才被老师带到指定的地方，于是老师会说："记住你前面有这根柱子，旁边是这扇窗户。"那孩子会点头说知道了，但是等第二天排队做操的时候，他还是最后一个。等大家都基本上站好了，老师会按下播放音乐的按钮。原本还不太安分的孩子听到这音乐就像听到指令一样，马上把手放在裤子的两边，双脚并拢站好。

大苗也不自觉地把自己的中指贴在自己的裤缝上，她的老师曾经是这么教她的，她一直记着。

这时，喇叭里开始响起"一二三四五六七八，二二三四五六七八……"的喊声，大苗顺着那声音，扫过一排又一排的队伍，然后停在了某一排上，越过一个又一个的小黑头，然后停在了第四个位置。大苗望着站在那里的那个女孩，她和自己一样，是短头发。那个女孩脚下正踩着的红点，原本是属于她的，现在却被另外一个女孩踩着。大苗感到心里一阵难过，她难过不是因为她的红点此时此刻被另外一双脚踩着，而是她现在却没有一个属于自己的红点。

去年的场景仿佛还在眼前，那是她们第一次被老师

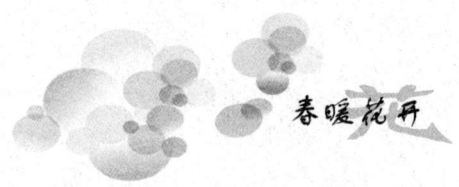

带着来到这块空地上,那时候地上画着一个一个的红点,就像用口红点在小孩双眉中间的那个红点,显得喜气洋洋又十分的可爱。大苗不知道地上的那些红点是用来干什么的,她想这么大的红点要用多大的口红呀。

后来老师给他们排好队,然后站在前面,拍了拍手,示意他们安静下来,但孩子们似乎并不明白拍手是让他们安静下来的意思,他们继续站在那里乱哄哄的,老师只好提高嗓门说道:"小朋友们,下面老师说的话你们可要听清楚了,如果谁没有听清楚,晚上放学就不能回家。"这下有效果了,听到晚上不能回家,他们一个个全都闭上嘴巴,竖起耳朵,生怕漏掉一个字,有几个孩子甚至显得有些慌张,大概是怕自己不能记住吧。

见小朋友终于安静了,老师显得有些得意,"以后,我们每天早上都要做操,做操的时候就按照现在这个队形排好。现在你们低头看一下自己的脚下,是不是都有一个红点?"

大家齐刷刷地低下头找自己脚下的红点,然后七嘴八舌地说道"是的"。偶尔从某个角落里传来几声嘀咕声："我怎么没有？""在哪呀？""我怎么找不到？"这时候，老师就会循着那一声声疑问声挨个给他们找到红点。

等大家都找到了自己的红点，孩子们又已经是乱哄哄的了，于是老师会再提醒一下，"今天晚上谁想住在这里？"这下又奏效了，老师继续讲，"现在你们每人脚下都有一个红点了，记住了，要认好自己的点，千万别踩到别人的点也不要让别人去踩你们的点，现在看一看你们的前面和旁边有些什么东西，尽量记住……"老师之后又讲了很多，讲完了让孩子们回到教室，然后再出来排好，然后再进去，再出来……大苗觉得很有意思，虽然他们像小鸡一样被老师赶来赶去重复着这项活动，但是这件事情似乎是意义重大，要不老师也不会说谁没听清楚晚上不准回家。就这样大家一会进一会出直到最后所有的小朋友都能站准自己的位子为止。

等大苗从回忆里走出来的时候，课间操就快结束了，孩子们在老师的指挥下向前靠拢，原本散开来的一大群人现在正挤成一团，等着轮到自己队伍的时候方能

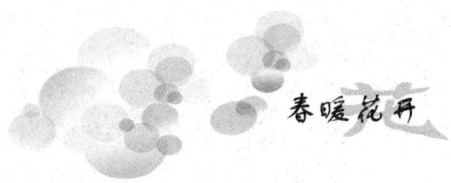

84 回到教室。

那个老师也正向着门口走来,大苗恋恋不舍地走开了。她把两只手插进自己的裤子口袋,她想自己以后再也不会来这了,这里已经没有属于她的东西了,就连那个红点都已经是别人的了。但是大苗还是告诉自己,别人说不定还羡慕自己呢,自己不用等到大班就能开始读书了,读好多好多的书,一想到这些,任何不快大苗都能暂时把它放在一边。

回家的路上,大苗想着自己现在认识了多少字,能不能看顽固爷爷店里的那些书,她还想什么时候自己也能有那么多书就好了,她想要买一个很大很大的书架,很高很宽,比书店的那种还要大,你想要拿放在上面的书的话就得爬上梯子,大苗想象着自己爬在梯子上拿书的样子,那感觉真是太美好了,她还想在书架旁边放一把椅子,椅子靠着窗,这样阳光就能照进来,坐在椅子上看一个下午的书,多好啊。可是自己现在连一本书都没有。

大苗突然想到了之前妈妈说让她存钱买书,妈妈说以后每次买东西找到的钱她都能留着,这样的话,自己就可以有自己的书啦。大苗兴奋地跑回家。

一回到家,大苗就在柜子里找东找西的,她把一些瓶瓶罐罐都拿出来,然后挑了一个最大的,然后跑到自己的房间把两块钱扔了进去,罐子放在桌上,大苗喜滋滋地看着,再看看旁边的那本新华字典,满意地笑了。

吃过晚饭后,大苗得意地把自己的储蓄罐拿了出来,宣布自己要存钱了。

"我的小公主真是个好孩子,存了钱要做什么呀?"元天石拿起她的储蓄罐看了看,又摇了摇。

"我要买书,妈妈说以后买东西找的零钱我可以自己留着,我就把它们存起来,等存够了,我就可以去买书,我要买很多很多的书,放满一整个大书柜。"大苗说得很认真,好像那个大书柜现在已经出现在她的眼前了。

"那可是要很久的呦。"

"很久也没有关系,一本一本累积起来。到时候你们一定会吓一跳的。"

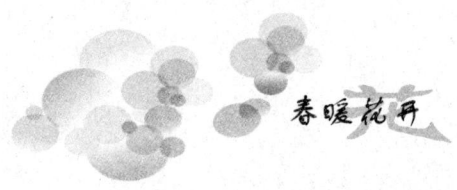

"嗯,我们都会吓一跳的",元天石又看了看那个储蓄罐说,"我觉得我们可以把这个储蓄罐做得更像储蓄罐,爸爸给你做一个,让它看上去像是商店里买的那样。"

"你是说上面有一个小洞的那种吗?"

"是啊,你说好不好呢?"

"好啊好啊。"大苗连蹦带跳地拉着元天石的手,"我们现在就去做吧,爸爸,快点。"

储蓄罐是用一个铁皮罐头做的,由于没有盖子,元天石就找来一块铁皮在中间扣去一块,作为扔钱进去的口,然后在旁边一卷打好小洞,再在罐头顶上一圈也打好小洞,最后用细铁丝把罐子和铁皮合起来,元天石说:"世界上独一无二的储蓄罐送给我独一无二的小公主。"大苗接过储蓄罐,举起来,夕阳的余光照在罐子上面,闪闪发亮,里面装着的好像是沉甸甸金光闪闪的黄金。大苗把储蓄罐抱在胸前,那个装满书的大书柜此刻好像就在这储蓄罐里埋下了种子,大苗在等着她发芽、开花、结果。

元天石又说道："这么重要的东西我们应该把它藏在一个好地方你说对不对。"

"嗯，那我们应该藏哪里好呢"，大苗低着头开始想，"要藏在一个别人找不到的地方。"

"就藏在你的床底下吧，那里应该很安全了。"

大苗想了一会儿，最后决定就按照爸爸的提议，把储蓄罐放在床底下。

按照大苗的要求，元天石用铁丝把储蓄罐固定在了床脚上，大苗说这样的话她会更加安心。

储蓄罐里的钱很长一段时间都没有增加，但大苗认识的字一天比一天多了。

等到大苗把元亦文教的字都学会了，元亦文也要走了。

天气开始慢慢变凉了，元天石还是赌博，每次元天石出去赌博的时候，大苗总是很担心，因为她不知道爸爸回来的时候是什么样子的。赌博让爸爸变得阴晴不定。赢钱的时候，爸爸会抱起她在空中转一个圈然后变戏法一样地变出几颗糖，大苗从没看见爸爸把弟弟举到

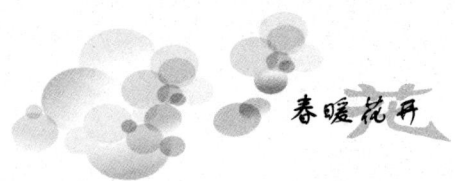

空中转几个圈,也没有看到他给弟弟变戏法一样地变出几颗糖,说不上为什么,大苗心里很高兴,这是她的一点小小的优越感,爸爸叫自己小公主的时候,自己好像真的就是一个小公主,她是爸爸的小公主。但是有赢的时候,就有输的时候,那时候的爸爸就好像变了个人似的,低着头,脸阴沉着,也不说一句话,然后坐在门口的小板凳上一个劲地抽烟,大概抽了有一晚上那么久,因为早上的时候那里是一堆烟头,有的还冒着一点微微的火星。

马婕慢慢地不再去说元天石,像是接受了这个事实,就像你买了一个价格便宜的碗,就必须接受那碗里的一条裂缝。马婕是这样想的,与其一直抱怨那只裂了缝的碗,还不如自己挣了钱再去买个好碗,毕竟你再抱怨那碗也不会自己好起来,这个道理马婕算是想清楚了。她现在全部的希望就都压在了马程才的身上,就像她给他取的名字一样,她希望他能成才。当然她也希望大苗能成才,但她的心从她儿子出生的那一刻起,就注定要偏向一边,她身不由己即便自己心里也有愧疚,但那些愧疚在看到儿子时候就全消失不见了，她想着她无论如何也要让马程才成才，等自己老了还要靠着他来照顾，女儿毕竟是要嫁给别人的，儿子却是会一直留在自己身边，是永远属于自己的，元亦文和大苗终究要成为别人家的人。

　　对大苗来说，她每天都盼望着自己能快点把姐姐写在练习本上的那一百个字学会，那样她就能去顽固爷爷的小书店里，坐在那儿的老式椅子上，看很久很久的书，姐姐说了，她想看哪本书只要告诉顽固爷爷就行了，但这也意味着她的姐姐要离开她了，到离家很远，离她很远的地方去了，姐姐说等她看完10本书的时候，她就会回来了，那应该很快吧，大苗想。从出生到现在，大苗从来没有离开过姐姐，虽然知道姐姐不是她亲生的姐姐，但是她还是和以前一样爱着姐姐，她们的血脉本不一样，可是现在却已经连在一起，融在一起了，她们是一家人。

　　大苗常常想，有家人真好。看到那些流浪的人，或是那些孤儿，大苗总是很同情他们，不知道为什么，她

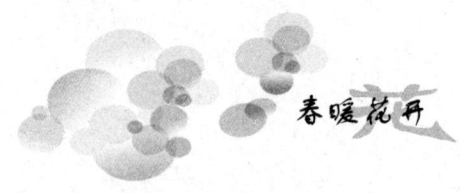

觉得自己特别能理解他们的感受,那种孤独、无助和渴求。她珍惜她的家庭,她庆幸自己有一个家。她爱她的爸爸,爱她的妈妈、姐姐还有弟弟。虽然她的爸爸在别人眼里是个不折不扣没有责任的赌鬼,虽然她的妈妈好像更加喜爱自己的弟弟,虽然她知道了姐姐不是她的亲姐姐,虽然她弟弟的出生让她不得不辍学在家,但这些对她来说都没什么,只要她们都在,她就觉得很幸福,她不是一个人,她还有他们。

现在元亦文要离开她了,她有些害怕,那个晚上她一直抱着元亦文,她们谁也没有说话,但却好像说了很多很多。早上的时候,她们看到对方的眼睛都肿肿的,彼此会心地笑了起来。

元亦文走的时候只带了几件衣服和一些路费,她已经在那边找好了工作,工作的地方会提供住处和伙食,这倒也省了很多事情。马婕说要送她去车站,她说不用了,自己已经这么大了,能行了,况且家里也不是没事。道过别后,她就背着一个小包走出了家门。大苗一直站在门口目送着她远处,等最后背影变成了一个小点然后再也看不见，大苗还是站在那里，她或许在等元亦文忘了什么东西会回过头来拿，但等到了天黑，元亦文始终没有回来。

第二天一大早，大苗拎着一个塑料袋就往顽固先生那里走去。塑料袋里面装着一本新华字典和一条毛线围巾，那条围巾是元亦文熬了好几个夜打出来的，她说没什么送给顽固先生的，就给他织条围巾吧。围巾是新打的，但看上去却不那么新，大苗看到那是元亦文把自己的一件毛衣拆了拿来织的，家里实在没有什么多余的新毛线。虽然毛线不是新的，但是那条围巾却打得很好看，很厚实，花样简单却很经典，谁带上那条围巾都会很好看，最重要的是会很暖和。

今天大苗心里很高兴，她自己也想送点什么给顽固爷爷，但自己实在没有什么东西可以拿去送给他的，他很感激顽固爷爷能让她去那里看书，并且都不收一分钱，他实在是个大好人，好人一定会有好报的，大苗在心里默默祝福顽固先生，这也是她能给他的唯一的礼物，最贵重的礼物。

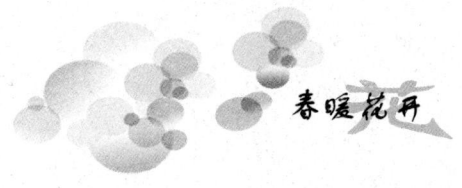

大苗把围巾送给顽固先生的时候,他对大苗说:"替我谢谢你姐姐了。"然后把围巾从塑料袋里拿出来,整齐地叠好,放进抽屉里。

大苗赶紧说:"顽固爷爷你怎么不围上它呢?"

"我舍不得围呀,我要把它放起来,看看就很高兴了",说着,他把大苗拉到他的身边,打开抽屉,给她看里面的东西,他一样一样地拿出来,每拿出一样,他都会告诉大苗这是谁送的,什么时候送的,大苗又惊讶又佩服地看着顽固先生,心想他怎么能记得那么多东西呢。

顽固先生似乎看穿了大苗的心思,"这些怎么会忘呢,对自己重要的东西是不会忘记的。大苗,就像你去读一本书,不管你怎么随便马虎地去读它,总有一些东西你会记下来成为你自己的东西,那些东西是能触动你的心灵,让你有所感悟的,所以你记住了它们,还有其他的一些东西虽然它们可能更为重要,但是他们没有让你的心轻轻地颤动,所以你忘记了它们,但是如果你非要记住它们的话,只要下点工夫就可以了,但它们始终没有那些第一眼就让你有所感触的东西的记忆来的深刻和难忘"。

大苗认真地听着，好像懂了，又好像没懂。

"小家伙，你之前看过什么书没有？"顽固先生问道。

"我只看过《格林童话》，是带有拼音的那种。"

"都看完了？"

"嗯，看完了。"

"你觉得怎么样，好看吗。"

"好看。"

"那么顽固爷爷，我现在应该看哪本书呢？"

"这些书你都可以看，随便哪本，不管哪本书，里面总是有你需要学习的地方，慢慢去看吧。"

"那我就一本一本地读。"大苗从最底下的一排书里面抽出第一本。

"你就坐那去读吧。"顽固先生指了指那张老式椅子，大苗高兴地坐了上去，把书小心翼翼地在桌子上摊平，翻开第一页，开始读起了。

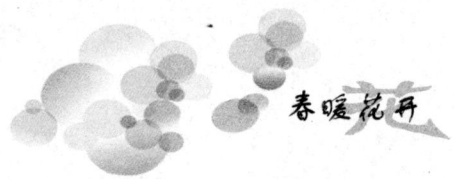

可是真正开始读书的时候，大苗才发现自己学的那些字根本不够用，好多字自己都是不认识的，大苗不停地翻着字典，可以说读得很艰难。每次大苗想要去问顽固先生一些不懂的地方，却总是看见他正专心致志地看着书，大苗实在不好意思去打扰他，于是只好自己在那里揣摩来揣摩去的，但始终还是一无所获，大苗有些苦恼，她苦恼自己知道的太少太少。

就这样大苗几乎是天天一大早去，中午回家吃过饭再去，直到傍晚才回家。大苗想早早把10本书看完，这样姐姐就能回来看她了。

有时候顽固先生会给大苗讲些寓言故事，今天他又开始讲了。

"有一天，一只狐狸正在外面散步，走着走着走到了一个葡萄架下，葡萄架上长满了一串串的紫色的葡萄，它们在阳光下闪闪发亮，显得很可口。狐狸那时候正好口渴了，于是便想摘一串葡萄来吃。谁知那葡萄架太高，狐狸怎么跳也够不着。"

"他可以去搬张椅子站到上面就能够着了。"大苗替狐狸出着注意。

"对啊，可是当时附近什么也没有，连块石头都没有更别说是椅子了。那只狐狸跳累了发现自己还是吃不到葡萄，于是他便断定那葡萄酸透了，只有傻瓜才去吃呢。"

"可是葡萄明明是甜的呀。"大苗纠正到。

"葡萄是不是甜的我们也不知道，因为我们都没有吃那葡萄。但是狐狸一开始想吃的时候肯定是认为它是甜的才会想到要去吃它，但是最后他发现自己吃不到了，又断定那葡萄是酸的。"

"那葡萄到底是酸的还是甜的。"大苗还是依依不饶。

"今天的故事就讲到这，剩下的问题就留着你自己慢慢去想，慢慢去琢磨吧。"

每次讲完一个故事，大苗总要想上很久，她发现顽固先生讲的故事都有一个特点，她可以这样想，也可以那样想，好像都是对的，又好像都是错的，真是耐人寻味。

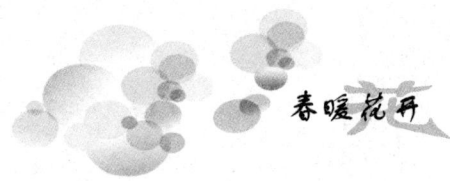

晚上躺在床上,大苗还在想那只狐狸的故事,她想那只狐狸可能是只很聪明的狐狸,虽然在别人看来都觉得那是一只蠢狐狸,自己吃不到葡萄就说葡萄是酸的,这明明就是自欺欺人,可是再想想的话,就觉得其实他并不蠢。一开始的时候,他想吃那葡萄,肯定是想着那葡萄是多么的香甜,多么的好吃,这是每个人都有的一种美好的向往,要是我也会觉得那葡萄是甜的,可是当发现自己吃不到以后,狐狸又觉得葡萄是酸的,现在吃不到葡萄是肯定的了,如果再去想着那葡萄是多么的好吃,那难受的还是自己呀,所以狐狸是聪明的,狐狸把葡萄想成是酸的,根本不值得一吃,那么吃不到葡萄这件本来很不愉快的事情就变得没有那么重要了,自己也就不会那么难过了。

第二天大苗把自己的想法告诉了顽固先生,顽固先生笑了起来:"对啊,看似是只蠢狐狸,其实他聪明着呢,相信那只狐狸一直活得很开心很乐观,即使一点小困难一点不如意,他都能一直乐观下去。小家伙你也要向他一样啊。"

"嗯。"大苗也相信自己是个聪明的孩子。

等翻着字典读完了第一本书以后,大苗基本上就不用翻字典了。她读了一本再读另一本,有时候她还会在征得顽固先生的同意后把书带回家看。马婕看到大苗如此如饥似渴地读书,既欣慰又愧疚,有时候她还会夸大苗几句,每当这时,大苗心里就像吃了糖一样甜甜的,得到了妈妈的肯定和鼓励她读书的劲头就更加足了,至少她的努力妈妈看到了,妈妈还是注意她在意她的。

不知不觉,天气渐渐暖和了起来,身上的衣服也开始一件一件往下脱,等脱到只剩下一件短袖的时候,夏天又来了。

对大苗来说,不是暑假又来了,只是她生命中又一个夏天到来了,和以往的每一个夏天都一样,有火辣辣的太阳和"知了知了"叫不停的蝉。那些蝉似乎永远也不累,总是不停地叫着,没日没夜。

那些蝉曾经是她和姐姐俩夏日里消遣的伙伴,在太阳晒得最猛的时候,她们拿着用竹竿、铁丝和网做成的网兜去竹林里抓知了。

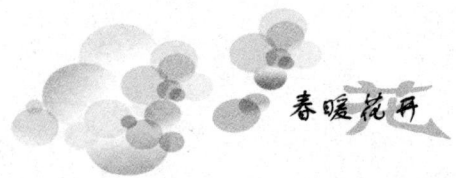

竹林里的竹子长得横七竖八东倒西歪的，很少有一两棵是笔直笔直的，地上是一层又一层冬天掉下来的枯叶子，铺在地上厚厚的，脚踩在上头软软的、松松的。走路的时候你要特别的小心，因为一不小心你就有可能被地上长出来的竹笋绊倒。还记得那里有一棵很大很大的树，那棵树的根她俩围着都抱不过来，还缺了好大一个口，那树皮裂开了一个一个的口子，好像张着嘴使劲喘着气，她应该有几百岁了吧，至少得有几百岁了吧，可她看上去还是那么的健壮，那样向上。她们常常在树底下仰着脖子向上望，她们看不到树顶，那对她们来说实在是太高了。她们的头顶上全被树叶遮住了，竹子的叶子，大树的叶子，形状各不相同但都是绿色的，翠绿翠绿的，像她们的生命一样，生生不息。她们就站在这斑驳的树影下，阳光透过树叶的缝隙射下来，一缕一缕的，你能在那一缕阳光中看到里面的尘埃在快乐的飞舞，一切好像都静止了。

抓着知了玩累了，她们就在"吊床"上休息，吊床是元天石用两块渔网系在两根粗大的竹子上做成的。躺在里面的时候，能看到脚上的肉从渔网的洞里面挤出来，一块一块的，像鱼鳞一样。她们舒适惬意地享受着这片刻的宁静，因为不一会儿，她们就要从渔网上下来，一是睡久了就不舒服了，二是蚂蚁很快就会来找你了，于是捕蝉也就结束了。

但过不了多久，她们又会来到小竹林里，这次她们要找的不是蝉了，而是蝉的壳。她们仔细地搜索着每棵树上，眼尖的大苗通常会先找到，于是兴奋地大呼小叫着，"姐姐这儿姐姐这儿。"

那些蝉的壳是咖啡色的，有点透明，和树皮的颜色真的是难以分辨，"大自然的伪装是多么奇妙啊"，元亦文常常这样感叹，她还告诉大苗，"蝉要在地底下待上十几年才能来到泥土外看看这个世界，但它们马上就会死去，相比之下，我们幸福的多了。"大苗听了只是觉得蝉很笨，它难道不会早点钻出来吗，在地底下多闷啊。当然，她们找蝉壳可不是为了打发时间，她们是为了在七月初七那天染指甲做准备，运气不好的话，她们会找上好几天，但她们有的是时间。对她们来说，看到

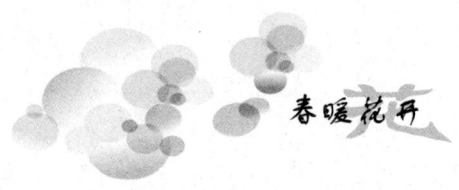

被染成淡淡的橘黄色的指甲的时候，心里是喜悦的，那种喜悦很纯粹。

现在，蝉又叫了起来，大苗心里数了数，自己已经看了9本书了，正在看的这本也马上就要看完了，这么说姐姐马上就能回来了，大苗有好多好多的话想要和元亦文说，她要告诉姐姐已经读完了10本书，每一本都读得很认真，她要告诉姐姐自己现在已经认识很多字了，不用再经常翻字典了，她要告诉姐姐顽固爷爷给她讲的一些故事，她要告诉姐姐自己的储蓄罐里已经存够了买一本书的钱了，她要告诉姐姐家里发生的一些事，她还要告诉姐姐自己有多想姐姐。等她都说完了，当然，这可能要说很久，不过没关系，她们有很多时间，可以慢慢说，然后她会听姐姐说，说说姐姐的故事，有趣的，高兴的或者不高兴的都要告诉她。

大苗第10本书已经读完一个星期了，却始终不见元亦文回来。每天晚上，大苗会站在门口，像去年送元亦文走的时候那样，眼睛看着远方，看着之前元亦文渐渐消失的那个方向，她每天都盼望着姐姐能再从那里慢慢走来，慢慢变大直到她能看清楚姐姐的脸，直到姐姐站在她的面前说大苗我回来了。马婕告诉大苗元亦文不会回来了，可能还要再过几天，或者几个月，可是大苗就是不死心，姐姐明明是答应她的呀，怎么能说话不算数呢。

大苗去找顽固先生，她哭丧着脸问："姐姐为什么还不回来？我们约定好等我看完10本书她就会回来看我的，都过了这么久了，她还没有回来。"

顽固先生摸了一下她的脸，说道："小家伙，你姐姐一定不会忘记的，这点我敢跟你打赌。"

"真的吗？"大苗眨了眨眼睛，努力不让眼泪掉下来。

"当然是真的了，我是她的老师我还能不知道吗"，顽固先生一脸严肃地说，又补充道，"我想她一定是有什么事情还走不开，作为她的妹妹，你是不是要体谅一下她呢。"

大苗想了想也对，姐姐怎么可能忘记呢，从小到大只要是姐姐答应过她的事情就没有忘记的，所以这次一

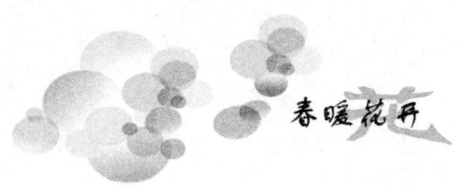

定是有什么很重要的事情，等事情忙完了，姐姐就回来了。而她要做的就是继续好好的看书，这样等姐姐回来的时候她可以自豪地告诉姐姐自己已经看完了那么多书。

过了几天，大苗等来了元亦文的信，信是寄到了顽固先生那里，让他转交给大苗，拿到信的时候大苗欣喜若狂，把信封翻来覆去看了好几遍才小心翼翼地打开。

大苗：

最近过得还好吗？家里还好吗？我在这里很好，不用担心。

我想你应该早已读完了10本书了吧，原谅姐姐没能遵守诺言回来看你，因为这里的工作实在是走不开，你能理解姐姐的，对吗？等一有时间，我就会马上回去看你的。

不知道你现在长什么样了呢，肯定长高了吧，要乖啊。

爱你的姐姐

信很简短，大苗却读了好久，她看到姐姐在一些字上面还标注了拼音，她想姐姐一定想不到自己已经认识了那么多字了。姐姐果然没有忘记，顽固爷爷说的对，自己应该相信姐姐的。读完之后大苗又小心翼翼地把信装回信封里，她决定要给姐姐写一封回信，于是就去求顽固爷爷教她写信。

顽固先生很愉快地答应了她，随即从抽屉里拿出一沓用橡皮筋捆好的信封，从最上面抽了一张出来。信封是土黄色的看上去有点毛毛的，和元亦文寄来的一样。顽固先生说信封上的每一个框框每一条横线上都要写上特定的东西，他很耐心地告诉大苗什么是邮编，什么是收信地址，什么是寄信地址，哪里要贴上邮票等等，接着他又拿出一张信纸，按照正规的写信格式教大苗，最后等该讲的都讲完了，顽固先生把信封和信纸都送给了大苗，他说等她写好了再带她去邮局寄。

秋天很快过去了。树上的叶子被吹得满大街的飞，大苗也被套在了厚厚的棉袄里面走起路来一跳一蹦，臃肿得摇摇摆摆，每天也都有那么一小撮不安分守己的头

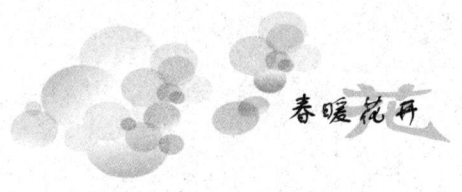

发在她头上一跳一蹦，节奏出奇的一致，让人看着不免跟着那节奏发一会呆。

冬天如期而至意味着很多，对于大苗来说，冬天意味着自己又要套上厚厚的毛线裤，大苗觉得穿毛线裤是世界上最让人难受的一件事了，但冬天的到来也意味着春节离她不远了。

春节是一段快乐的日子，所有的人都在那几天显得特别精神，好像一年以来的不顺心统统都可以随着春节的到来而消失的无影无踪。对大苗来说，那几天所有人都变得特别的大方，使劲的塞给她红包，虽然红包只是在她的小口袋里待上一整天，最终会被马婕收走，但大苗还是一样的高兴。

听妈妈说，今年的春节来得比往年要早。大苗知道自己又要长大一岁了，她的弟弟马程才也已经学会走路与说话了，他长得一点也不像大苗，是个白白胖胖的男孩，她俩要是一起走出去，别人肯定不认为他们是亲姐弟，倒是元亦文和元大苗长得有那么点像，特别是那双眼睛，都很深邃，望不到底。大苗喜欢自己的弟弟，就像元亦文喜欢自己一样,她是想做一个像元亦文那样的姐姐。

妈妈总是会满足弟弟所有的要求却总是对自己很苛刻,这让大苗有些嫉妒和委屈,可是一想到自己出生以后元亦文肯定也有过同样的嫉妒和委屈,大苗就不那么在乎了,谁让她现在是姐姐呢,做姐姐是必须付出一点代价的。

临近春节的时候,每个人看上去好像都是喜悦的,不管过去的一年自己到底过得怎么样,大家都觉得这一年过去了,好日子明年就要来了。虽然明年可能还是同上年一样,有时甚至还不如上年,比如说庄家收成不好,下了大暴雨把房子冲坏了,孩子考试考了最后一名……但是一年又一年,他们总是在期待着。

有所希望总是好的,至少能给你走下去的勇气,如果连白日梦都懒得去做,那这日子还有什么奔头呢。

还好,大家都还是有希望的,这希望你能在他们的脸上看到,在他们忙忙碌碌准备过年的气氛里感觉到,那是一种很美好的感觉,不管你走到哪里,哪里都是这

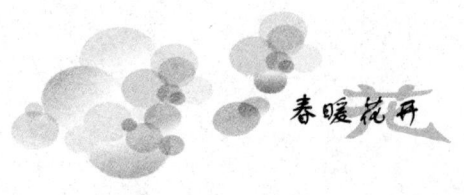

样的希望,你仿佛觉得自己生活在一个世外桃源,这里没有苦难,人们没有烦恼,一切都是平静而幸福的。路上的人会对你微笑,不管是认识的还是不认识的,每户人家都热热闹闹的,小孩子们都穿着新衣服在外面跑来跑去,到处都会传来一阵阵笑声。大苗喜欢这种感觉,喜欢被这种快乐的气氛包围着。

你会看到人们拎着大袋小袋的东西,里面装着各种年货,好像要把一年没吃上的好东西在这个节日里全给补起来。在那几天,他们都放假了,上班的厂里放假了,不上班的自己给自己放假了。尽管放假了他们也不是闲着,至少在大年初一来到之前他们都是很忙碌的。

大苗家里也是一片繁忙的景象。元天石在这几天也一直留在家里,杀鸡宰羊的很忙活,马婕一边忙着收拾屋子,一边忙着准备过年的东西。最让大苗期待的是蒸糕。

蒸糕之前先得准备好糯米粉,等蒸糕那天,再拿烧黏稠了的红糖浆倒进去,接下来就要把它们均匀地搅拌好,这可是一个技术活,总是元天石来做,大苗则在一旁津津有味地看着,看着那白扑扑的面粉慢慢变红。

元天石边干活边对大苗说:"你看现在这些红糖和面粉都结成一个个小石块了,我们要把这些小石块都磨成像沙子那么细。那样蒸出来的糕才好吃。"大苗觉得磨糕粉是件了不起的事情,等自己长大了,就能帮爸爸磨糕粉了,她也要磨得这般细。

等糕粉磨好了,就要把糕粉放入一个大蒸笼里,一切准备就绪,水差不多也开了,接下来要做的事情就是慢慢等糕蒸熟。元天石这时就会坐在灶头跟前,一根一根往里面加柴火,大苗则坐在他旁边,冬天的时候这里是最暖和的地方,灶膛里面的火光照在脸上,暖暖的,大苗喜欢把手靠近火苗,来回翻转着取暖。

"为什么蒸糕的时候要用木头烧火呢。"大苗发现平时的时候都是用稻草的。

"用木头的话火就不会太旺也不会太小,比较好控制",元天石说着又往里面加了一根木头,"你看,木头要一块一块垒起来,这样架空了火就会往上蹿,就不会熄灭了。"

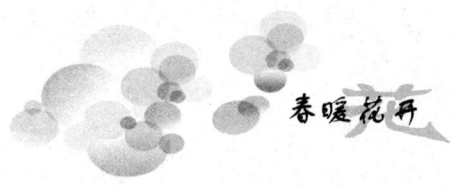

"为什么不多加点呢?"

"做什么事情都是讲个度的,不是说都是越多越好的。明白吗?"

大苗不是很明白,她想书总是读的越多越好吧。

有好几次,一些孩子嘲笑大苗是个书呆子。

"谁说我是书呆子的。"大苗很不服气地反驳道。

"我妈妈说的,怎么样,她说整天拿着本书读就会变成书呆子了。"

"你妈妈说的又不是真的,不读书才会呆呢。"

"我妈妈说你是读不起书才待在家里的吧,这么小就辍学在家了,以后怎么办哪。"那几个小孩继续说。

"我马上到了一年级就会去上学的,我现在都认识好多字了。"大苗说着说着声音变小了,她不想再和他们争辩下去了。

这么说的话难道读很多书真的会变成书呆子吗?大苗忍不住问爸爸:"爸爸那你说书是不是读的越多越好?"

"当然是了,书当然是读的越多越好了。"

"那是不是会变成书呆子呢。"

"这就要看你是怎么个读法了。"

"读书还分很多种读法吗?"

"当然分了,有的人是死读书,就是读书不动脑子,就像古时候的人读书,都是咿呀咿呀的在那边读,读了一遍两遍三遍,一直读,一直读,读到几十遍几百遍的时候总会背出来的,但那种读书是没有用心读的,只是嘴巴里面在念念叨叨的。聪明的人读书就不会这么读了,她不会去死记硬背,而是用心去理解书,这样的话你读再多的书也不会变成书呆子的。"

大苗觉得爸爸说得很对,那么自己绝对不是别人说的书呆子,大苗决定下次再有人这么说的时候她要把爸爸的话告诉他们。爸爸的话总是说的那么有道理,如果爸爸不赌博那该多好啊,这样他或许能多和她在一起说说话,和爸爸在一起说话真的是一件很开心的事情。

爸爸从来不过问她的学习,虽然她现在还小。但爸爸一有机会就会和她说一些道理,可能那些道理并不是什么真理,但那一定是他觉得对的,那些道理是他自己觉得受用并有必要告诉自己的孩子的,让他们少走弯

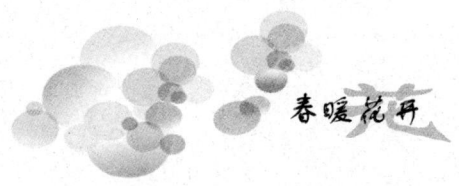

路。

　　元亦文回来的时候大苗瞪大了眼睛揉了又揉,她不敢相信地看着门口站着的那个人,直到元亦文叫她大苗,她才冲过去抱住她。走的时候元亦文只是背着一个小包,回来的时候却拎了大包小包很多东西。马婕和元天石也都走过来,问起元亦文在外面怎么样。元亦文都笑着说好,然后把一袋袋东西拿出来,说是给他们的礼物。

　　大苗指着那个方方正正用彩纸包着的东西问:"那是我的吗?"

　　"是啊,猜猜是什么呢?"

　　大苗两手抱着那沉甸甸的一包东西,想了会说:"是书吧,肯定是书。"

　　"拆开来看看就知道了。"

　　大苗迫不及待地拆开包装纸,当看到厚厚一叠书的时候,还是忍不住叫了出来,"啊,这么多书,姐姐真好。"

　　马婕开始准备晚饭,大苗则拉着元亦文的手,把她拉到房间，她等不及让姐姐休息一会就要跟她讲。

"我已经看了好多书了，比 10 本多好多呢。"

"是吗。"

"嗯，我现在看书基本上都不用查字典了呢。"

"一开始的时候读得很吃力吧。"

"是啊，但是有人说我是书呆子。"

"别管别人说什么，你的生活不是别人的生活，你不是为别人而活，所以不用去在意别人怎么看你，只要你自己觉得是对的，就按照自己的想法去做。"

"嗯，我知道的。"

她们俩一直聊着直到天渐渐黑了，马婕喊她们吃晚饭了。

元亦文回来那天正好是大年夜，那天晚上家家户户都是灯火通明，房子内充斥着欢声笑语，大苗相信那是一家人团聚的日子，因为现在他们一家人一个也不少地围在桌子旁。元亦文还是和以前一样，不太爱说话，马婕和元天石问她几句她也都是嗯嗯嗯的答应着，本来就不爱说话的她一年多没回来就更显得客气了，还有那么

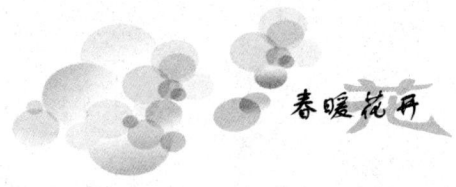

点生疏。

他们一边吃着热气腾腾的菜一边看着电视。电视里咿呀咿呀放着春节联欢晚会,女主持人穿着精致的长礼裙,雪白的脖子上带着金光闪闪的项链,脸蛋擦得红扑扑的,面带微笑非常漂亮。节目一个接一个,一会小品,一会唱歌,一会跳舞,下面的观众也不闲着,都拼了命的鼓掌,好像鼓得最响的能上台去跟演员握个手似的。好几次镜头切到了观众席上,都喜眉笑眼的,有的机灵点的,还特地露出白亮亮的大牙,也想抢一下镜头露一把风头。

大苗一边吃着大鱼大肉,一边听着马婕和元天石说着春晚里的节目,有时候演到好笑的,大家都不约而同地哈哈大笑起来,大苗有时候也没看明白是怎么一回事,但也跟着一起哈哈大笑;有时候演到比较无聊的节目,元天石会说:"这种节目怎么也能上春晚,还不如我去演一个呢。"

"你去演,演什么,你没去当个演员真是可惜你了。"马婕挖苦他。

"我只是没想去而已,我要是去了,准能演好。"元天石继续吹牛。

"那你怎么不去,光在这说谁不会啊。"

大苗喜滋滋地听着他们俩这样互不相让地说着,这样一个和乐融融的气氛已经很久都没有了。

到10点多的时候大苗已经困得不行了,她本想看完春晚再去睡觉的,可眼睛却实在是不争气,头一沾到枕头边,就呼呼睡着了。不知什么时候,大苗被一阵"嘣啪!嘣啪!嘣啪!"的声音给惊醒了,外面震耳欲聋的声音此起彼伏,大苗眼睛睁得圆溜溜的,她看到元亦文也从床上坐了起来,开了台灯,见大苗醒了,就走过来抱了抱她,说:"新年马上就要到了,大苗。"

这时,元天石在外面喊道:"快出来,要放爆竹啦,孩子们。"

大苗一骨碌从床上爬了起来,这时候已经忘记了寒冷,新年就要到了,这是一个让人激动兴奋的时刻。

现在除了马程才还在呼呼大睡,其他人都来到了屋子外面,每户人家都亮着灯,一年到头也就这么一天大

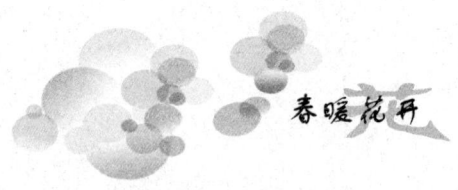

半夜的还这么热闹。

大苗像小鸟一样在外面跑来跑去,一看到有人家放烟火,大苗就大声叫道:"快看快看。"一边跳着直拍手。就在前几天马婕要去采购年货的时候,大苗提出也想买一根小烟火放,马婕同意了,说是一年一次难得的。后来马婕买东西回来,大苗翻遍了所有的袋子,唯独没有找到烟火,大苗去找马婕。

"妈妈,烟火呢,我怎么没找到。"

"哦,烟火啊,那边已经卖完了。"马婕淡淡地说道。

"卖完了啊,怎么会,我今天还看到别人买回来的啊。"

"可能他们买到了最后一个吧,反正我去的时候已经没有了。"马婕说的有点心虚。

大苗没有再问下去了,马婕知道自己骗了大苗,但还是想安慰她,"没有关系啦,你想,到时候等别人家放的时候,你不是一样看的吗。"

"可是那是别人家的,和自己放得不一样。"

"有什么不一样的，别人自己放仰着头看得脖子都酸，你远远地看还好看呢！"

大苗觉得马婕说得也有道理，但心里还是想自己放一放烟火，但今年是不能放了，那就明年吧，"妈妈，那你明年一定要早一点去买啊。"

"明年一定早早去买好，好吗。"马婕知道等到明年的时候大苗就已经忘记了。

现在，大苗看着别人家的烟火觉得妈妈说得很有道理，反正都是看，谁放的又有什么关系。大苗总是很乐观，好像是从她出生开始就知道自己来到这个世界是多么的不容易，别人想放弃她的时候她也不能放弃自己，她可以把所有的悲伤转化成另外一些东西，让她不至于被这悲伤的河水给淹没，她可以挣扎，但她绝不能放弃希望，她相信任何事情都不是绝对的，总是有好的地方。

"大家快把耳朵捂住，要放炮了哦。"元天石对她们说道。

大苗没有捂上耳朵，静静地站在马婕和元亦文的中间，两只手自然地放在两边，她看着元天石用烟头点燃了导火线,只见那小火星"嗞嗞嗞"地往外溅,越来越短越来越短,她知道爆竹马上就要飞上天了,那一刻世界仿佛都静止了,其他声音在那一刻也好像都消失了,她静静地准备迎来那一声巨响,就在她的头顶,那个爆竹会爆炸,然后再落下来,落到某一个角落,直到有人将它们扫进簸箕里,成为一堆垃圾。

他们迎来了新的一年。

等过完了大年初一,新年基本算过去了,接下来的几天,大家都是懒懒散散的,走走亲戚,打打麻将,然后新一年的忙碌就又开始了,人们忘记了这一年是自己期盼的美好的一年,人们又开始抱怨,抱怨到今年的年末,然后又开始有所期待,期待下一年,如此往复下去。

9

这一年也是大苗期盼已久的,今年她又能够回到学校了。

在一个暖洋洋的午后,马婕搬来一张小凳子说要给大苗掏一掏耳朵，大苗这才想起自从弟弟出生以后，妈妈就没有再给她掏过耳朵了，妈妈说她是姐姐了，自己的事情要学着自己做了。

大苗想今天是怎么了，妈妈又要给她掏耳朵了。记得以前，妈妈总是给她掏耳朵，那时候没有专门的工具，都是用火柴棒的。妈妈会坐在小矮凳上，大苗则把头靠在妈妈的大腿上，然后闭起眼睛，慢慢享受着耳朵里痒痒的感觉。

妈妈一边掏一边说着话，好像是对大苗说的，好像不是，因为大苗完全没有听懂，但是她还是会认真地听着，她觉得可能自己长大了就能听明白了。

今天，还是和以前一样，大苗躺在妈妈的腿上，她像以前一样闭起了眼睛，发现自己好像已经好久都没有和妈妈这么靠近了，自己都快要忘记妈妈身上的味道了。她静静地等待着，她也不知道自己在等待什么，可能是在等妈妈说那些她听不明白的话吧。

妈妈一直没有讲话，等到第一个耳朵掏完，要掏第二个耳朵的时候，大苗想妈妈可能已经忘记和她讲话

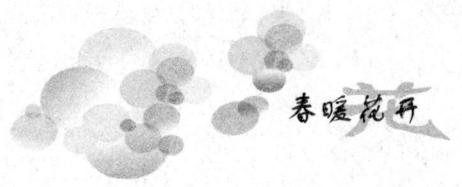

了,或者妈妈已经不想对她讲了,是啊,她可以对弟弟讲,在给弟弟掏耳朵的时候她已经把话都讲完了,既然讲完了,就没有必要再讲一遍了。大苗不再等待了,只是享受着这一刻能这样靠在妈妈的腿上晒着太阳。她突然觉得好困,好想打瞌睡,她想就这么睡一会吧,眼睛也慢慢闭了起来。

隐隐约约,她好像听见妈妈在说话。

"大苗,你啊,一定要好好读书,你爸爸现在是沉迷赌博,也指望不了他什么,你要是想过上好的生活啊,你就一定得努力读书,考上好的高中,再上好的大学,才能找到好的工作,去到大城市里过好的生活。你知道吗?你现在已经长大了,应该能明白了。"

大苗想她可能是真的长大了,她已经不再像以前那样听不懂妈妈说的话,这次她全听懂了,一个字不落地全都懂了。

大苗迷迷糊糊地听着,妈妈的声音也越来越模糊,越来越小,最后就静悄悄的了。

醒过来的时候大苗睡在了自己的小床上,她想到了妈妈说的那些话，她不知道那些话是妈妈跟她说的还是自己做梦，她已经搞不清楚了，只是那段话还很清晰地在她的脑子里，妈妈的声音仿佛也还在耳边。

她在心里默默想着妈妈说的话，她在想妈妈说的好生活到底是怎样的生活，她想着可能就是自己能拥有自己的一个大大的装满书的书架，想看的时候就能拿一本读上一下午；可能是自己有几个好朋友，不管是在开心的时候还是悲伤的时候，她们都能陪在她的身边；也可能是他们一家爸爸妈妈姐姐弟弟还有自己能一直一起平平安安快快乐乐地生活在一起，那时候元亦文会有自己的小孩，自己也会有自己的小孩，总之，大家一直都会在一起，永远也不会分开。大苗相信，妈妈说的好生活一定就在不远的地方，她相信妈妈说的话，只要自己努力读书，就能过上好生活。

过完春节元亦文就又走了，走之前她告诉大苗有什么事就写信告诉她，大苗说好，于是，和上一次一样，大苗站在门口直到元亦文再一次消失。

一切似乎还是老样子，再去到顽固先生那里的时

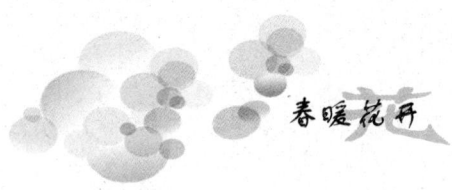

候,他正戴着姐姐给他织的那条围巾,大苗好奇地问他怎么又拿出来戴呢,他说不自己用用就不能体味到那份温暖,他想好好感受一下。

　　在顽固先生那里看书的时候,大苗看着那些背着书包的孩子就特别希望9月份能快点来到,她也想每天早上去晚上回,想坐在教室里,周围都是同学,想听老师在讲台上讲课,想回家的时候做做作业,一切都似乎那么的美好。

　　可是等到9月份真的就近在咫尺的时候,大苗又害怕起来。

　　她害怕什么呢。她害怕走进学校,害怕看见同学,她觉得同学们一定会远离她,疏远她,她不知道为什么她们要远离她疏远她,她到现在也没有搞明白,不过这次她们肯定会更加疏远她,因为她已经两年没有去学校了,她们一定都觉得自己有一个赌博的爸爸是一件多么不好的事情,他们会讨厌自己,大苗想着就伤心起来。

　　她想告诉妈妈,告诉妈妈她的担心,可是妈妈根本不理解她现在的感受,她觉得大苗的这些想法都是没有根据的瞎想，她还让大苗不要再想这些，只要用心读书就可以了。大苗很伤心，她伤心为什么连自己的妈妈都不能理解自己，她想到了爸爸，她知道爸爸一定可以理解自己，爸爸一定能知道她心里的担忧，可是爸爸还在上班，晚上又可能会出去，大苗已经好几天没有看见爸爸了，于是她想到给元天石留一张纸条，上面写到：爸爸，我想和你说说话，行吗？

她等着，等着爸爸看到那张纸条，然后她就能告诉爸爸了。

果然第二天晚上，爸爸没有出门，而是敲了敲大苗的房门，问她想不想去外面走走，大苗高兴地和爸爸出去了。

每次和爸爸待在一起的时候，大苗都觉得特别的开心，虽然别人都觉得爸爸不是个好人，因为爸爸赌博，可是大苗并不这么认为，她只是觉得赌博只是爸爸的一个不好的地方，但并不影响爸爸在他心目中的形象。

大苗走在爸爸的旁边，爸爸故意走得很慢，好让大苗能跟上。

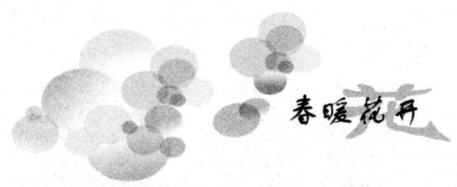

"大苗是有什么心事吗?"爸爸问。

"嗯,是的",大苗抬起头来看爸爸,爸爸也正看着她,她欣慰极了,她就知道爸爸会乐意听她讲,"马上就要开学了。"

"大苗不想去上学吗?"

"我想的",大苗赶紧说,"我想去上学的,可是我害怕,我怕同学们都会不喜欢我。"

"为什么会不喜欢你呢。"

"因为我有两年没去上学了,因为……"大苗没有说爸爸赌博的事情,他怕爸爸以为自己也讨厌他,她怕爸爸伤心,只是强调说:"我就是觉得同学们都不会和我做朋友。"

"我觉得不会啊,大苗这么好,大家都会喜欢你的。"

"是吗,爸爸。"大苗将信将疑。

"当然是啊,至少爸爸觉得大苗很好啊,如果我是你同学,我一定会喜欢你,想要和你做朋友的。"

"真的吗?"大苗很高兴爸爸这么说。

"但是啊，爸爸跟你说"，元天石语气突然认真起来，"人啊，活在这个世界上，就必定会有喜欢你或是不喜欢你的人，不管多么好的一个人，总是有不喜欢他的人存在，所以你大可不必为这些烦恼，而且你烦恼也没有用，你还是不能改变它，对吗？"

大苗点点头。

"所以啊，有些东西是你无法改变的，既然你不可能做一个人人都喜欢的人，那么你就做一个自己喜欢的人"，元天石说着蹲了下来，看着大苗的眼睛，告诉他，"大苗你要做的就是大苗，世界上独一无二的大苗，没有任何一个人可以替代你在这个世界上的位置，你没有必要感到自卑或者是悲伤，你不用去担心为什么别人不喜欢你，如果别人不喜欢你，那就随他们去吧，有什么关系，你又不会和他们生活一辈子，他们不过是你生命中的一些小小的过客，很快，就会消失，再不会有交集，但你要珍惜那些会陪伴你很久的人，那些才是你生命中重要的人，你可以在乎他们的感受，但记住，你最终还是你自己，没有人可以去扮演的角色。"

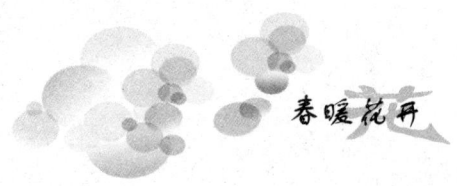

大苗看着爸爸，爸爸讲的那些话像一束光，不仅照在她的胸口，让她的心暖暖的，也给正在黑暗中的她照亮了一条路，让她不至于再在黑暗中撞墙，让她能顺着这条光，看清前面的路，继续走下去。

开学前一天，元天石带着大苗去买文具用品，大苗挑了几只上面印有卡通图案的铅笔和一块白橡皮，接着又选了一个铅笔盒，元天石执意让她选那个双层的，虽然比较贵。买好了文具用品，他们一路边走边笑地回家。

晚上大苗吃过晚饭就开始整理东西，她把那几支铅笔和橡皮在铅笔盒里面排了又排，一会拿出来，再放进去，然后觉得不满意，再拿出来，再放进去，来来回回好几遍，接着，她又开始整理书包，她其实一本书也没有，只有一个铅笔盒可以放进去，可是那个书包却整理了很久很久，她总觉得少了点什么似的。

最后，她有点累了，躺在床上，想着明天会是怎样的一天，会见到哪些人，会发生什么事。她很困了，闭上了眼睛，却怎么也睡不着。

第二天还是元天石带着她去的，元天石拉着大苗的手，明显感觉到她的小手把自己的手抓得紧紧的，他摸摸她的头，给她安慰。

一切好像也没有大苗想的那么糟糕，大家只是都忙着自己的事情，他们没有对她表示出友好，也没有表示出敌意，这对大苗来说，已经很好了，大苗松了口气。

大苗就这样又回到了学校。

一年级的时候，当别人还在学拼音的时候，大苗已经能自己看书了，大苗觉得自己两年没有上学也没有拉下功课，甚至她还比别人超前了一步，她在学校表现很好，她希望同学们能喜欢她，能和她交朋友。

可是，成绩好的人总是能让老师特别喜爱，却并不能让同学都喜欢，同学们总是觉得成绩太好的人是老师身边的人，总是会给老师打小报告，虽然明着不说，但暗地里总是因为某种嫉妒心理而刻意地想要疏远她。

第一次让大苗感到那种被人排挤是在一次期末考试之后。期末考试结束以后，还要返校拿报告单和"三好学生"的奖状。报告单上无非就是写着身高、体重、视

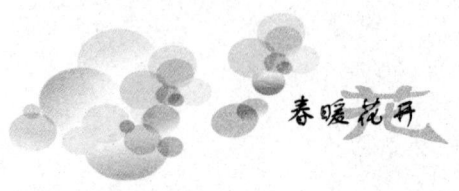

力、各科成绩，还有就是班主任的评语，那些评语都写得很好，即使是上课经常开小差被老师点名甚至站墙角的学生。寒假那次大苗得到的评语是：在老师的心目中，你是一个聪明的学生，你关心集体，对同学老师有爱心，是老师的得力助手。老师相信你会变得这样好，今后一定会成为我班出色的学生。

大苗把评语读了一遍又一遍，她还给马婕看，给元天石看。现在，又能再一次拿到报告单了，大苗显得很兴奋，今天早上她起得特别早。

大苗的语文老师也是大苗的班主任，那是一个快要退休的老太太，胖胖的，总是板着一张脸，即使笑起来的时候也是一副皮笑肉不笑的样子。大苗觉得她凶是因为有一次她把大苗的自动铅笔没收了，理由则是小学生不准用自动铅笔。当时大苗就懵了，那可是爸爸送给她的啊，她心里可恨着呢，每次看到她的时候就使劲盯着她，好像这样是为那枝被没收了的自动铅笔报仇。

现在，她正走进教室，手里拿着一摞蓝色的报告单，几张奖状。她走得好像很吃力，气喘吁吁的，墨绿色的真丝衬衫背上湿了一大块，脸上的汗液一滴一滴地往下掉。放下手里的东西，她没来得及喘口气就开始讲话了，好像是想尽快把这些事讲完，急着去做什么重要的事。和上次不同，今天她要先把期末语文满分的同学名字报一下，带有表扬鼓励和希望其他同学以此为榜样加油努力的成分。大苗知道自己的学号是21号，老师报名字的时候她心里那个紧张啊，她好像从来没有这么紧张过，心扑通扑通跳得厉害，撞得她胸口有点疼了，终于，她的名字没有从老师口中蹦出来，大苗失望透了，也隐隐有点害怕，她怕回家没面子。

还好，老师毕竟还是把"三好学生"评给了她，但大苗心里感觉怪怪的，好像那个"三好学生"是她偷来的，那本不该属于她。

在回家的路上，大苗拿着报告单和奖状，手心冒出了汗。老师评给她"三好学生"的时候，她心里是欣喜的，毕竟全班只有三个名额。"三好学生"可是人人都想要的荣誉，它代表了思想品德好、学习好、身体好。

可是大苗语文没得到100分。

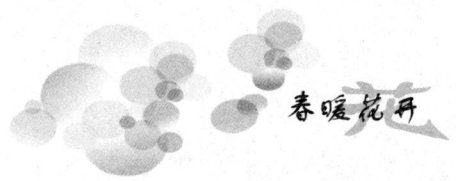

于是这种欣喜维持了不到一秒钟就消失了,取而代之的是另一种感情,她感到脸红得发烫,好像全班的目光此刻都集中到了她的身上,那一双双灼灼的眼睛像一个个火苗,让她浑身都烧了起来。他们一个个咄咄逼人,嘴里还不停地重复着:"你根本不配拿'三好学生'。"

"你根本不配拿'三好学生'。"

我真的不配吗?大苗边走边踢着脚下的石子儿。她现在恨不得时光能够倒流,这样的话,当老师把"三好学生"评给她的时候,她会像一个不怕死的战士,从座位上嗖的一下站起来,然后当着那些给她灼灼目光的同学们,大声地说:"老师,我不配做'三好学生!'"

大苗在脑子里不断地想象着那样一个场景,一遍又一遍地排演。可是即使一切都完美无瑕了,那也不可能让时光倒流啊。

晚上,大苗躺在床上,脑子里还是那几个字"你不配做三好生,你不配做三好生!"大苗痛苦地迷迷糊糊睡着了。

她发现自己回到了幼儿园,但幼儿园里却空无一人,在玩够了所有的玩具之后,大苗注意到了那间平时始终大门紧闭的屋子。它是在一楼和二楼的楼梯中间,那扇门看上去是再普通不过的了,但它却总是被锁着,现在,好奇心驱使着大苗慢慢靠近它一探究竟。

推开门,大苗悬着的心放了下来,原来那不过是一间普通的杂物室。里面不那么宽敞甚至有点拥挤,除了一个占了大半间房子的旧书架之外,还有一些旧的桌椅,一些黑色的花盆,那种最普通不过的没有任何精细加工的花盆。

大苗像是发现了一个大宝藏一样兴奋地东翻翻西碰碰,打开那张只有三条腿的桌子的一个抽屉,大苗看到了一盒盒五颜六色的油画棒,眼睛里突然就放出了亮光。那是大苗梦寐以求的东西,它和蜡笔不同,比蜡笔的颜色更加好看。每次画画的时候也就只有几个小朋友运气好能拿到。

现在大苗眼前居然有这么多油画棒,一盒一盒在抽屉里静静地躺着,拿一根吧,大苗在心里跟自己说。

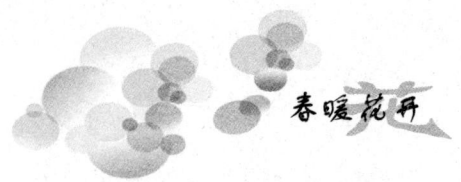

可是老师的脸突然就出现在大苗脑子里,大苗吓得打了个哆嗦,心也扑通扑通跳得厉害,赶紧跑到门口左右上下都望了个遍,在确定没有人以后大苗才又回到了抽屉前。一边是很想要的油画棒,一边是老师,大苗挣扎着,挣扎了一番后她又感到十分的不安,总觉得有人在看着她,她在明处,那个人却在暗处,只要她一拿油画棒,那个人就会立马跳出来,把她逮个正着,那样的话,所有的人都会知道,大家一定会嘲笑自己的。

还是算了吧,大苗试图说服自己,可是那种想要的欲望似乎更加强大。

大苗又一次跑到了门口,再一次确认没有人之后,赶紧跑回抽屉前,打开一盒油画棒,挑了两根,一根粉色一根蓝色,然后就疯了一样跑出了那间房间,跑过了前面的空地,跑过了大型玩具,跑到了围墙那里,这才气喘吁吁地停了下来,手掌撑着膝盖小脑袋歪着往后面看,还好,没有人追上来。

"大苗,"教师的声音从后面传来。

大苗差点就摔下去,是做贼心虚吗?

大苗大概还不知道有做贼心虚这个成语，她只知道，她拿了本不属于她的东西，那两根小小的油画棒现在装在她的口袋里，像两个定时炸弹一样，不知什么时候会爆炸。

大苗就是在这个时候惊醒的，发现原来自己做了一个梦，她叹了口气，房子里黑漆漆的什么也看不见。那个梦还很清晰，感觉好像是真的一样，她下意识地想摸摸自己的口袋，发现自己没有口袋，这才相信只是一个梦。

她知道自己做这个奇怪的梦是因为那张奖状，奖状就像是那两根油画棒，拿着那些不属于自己的东西心里总觉得有个疙瘩，它长在里面，别人看不见，你却知道它就在那里。不管是梦里的老师还是现在的同学们，他们都会一直在你身后，你不能不管他们，他们好像随时都有可能抽出一把刀子，给你来上一击。

暑假来了之后，见不到老师，见不到同学，大苗也就渐渐淡忘了奖状的事情，这次她没有告诉任何人，她想应该学着自己来承担这些，即使告诉了别人，他们也

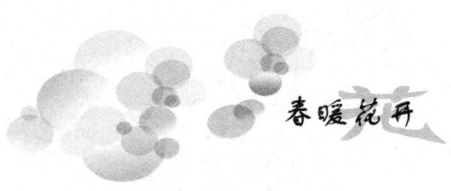

只是安慰自己，让自己心里好过一点，那么这一次她就让自己承受吧。

那天，大苗从顽固先生那里借了两本书准备回来看，她搬了小板凳坐在弄堂里，刚翻了两页书就看见一群孩子拿了小竹竿在前面跑来跑去，他们玩得很起劲。大苗在一边看着他们，看着他们笑着跑来跑去，她也想加入他们。这次她没有犹豫，没有再害怕被拒绝，她想如果他们不愿和自己玩，那么她就还是坐在那看书，反正没什么损失，大苗想着觉得这样很好，起身跑去问那群孩子是否能让她也加入，一起玩。

他们同意了，大苗出乎意料，内心无比激动却表现得很平静。她加入了他们，她第一次以一个平等的身份加入了一群人当中，她就是里面一个普普通通的成员。

带头的那个小男孩看上去比其他的孩子要大一点，他手里拿的竹竿也最粗最长，上面还绑了一条红色的布条子，一跑起来在风中飘啊飘的显得特别神气，像那些在战场上冲锋的战士。其他孩子则都跟在他身后，他们现在正在玩一个探险游戏。

突然,那个带头的小男孩停了下来,他转过身来,示意大家围成一个圈,并说道:"现在,我们要开会了,我们即将要去的是那边的那片小树林里面,大家一定要紧跟着我,千万不能掉队了,里面可能会有老虎狮子,如果走散了,是很危险的。"小男孩说的一本正经,好像他们真的在大森林里面探险,好像里面真的随时会跳出一只大老虎。

大苗在一旁一句话也不说,心里却想着,那不过是只有几棵树的一片荒地而已,里面的杂草倒是长得都快比他们高了,她也不相信里面真的会有老虎,其他的孩子也不相信,但他们都很兴奋,表现得也很紧张,发誓自己一定不会掉队的。

于是他们一群人跟在红布条子后面,气势昂昂地向前进发了。

大苗走在最后,位子是那个小男孩安排的,他把其他人都安排好了,就剩下大苗一个,他告诉大苗说因为她是最后一个加入的,所以等级最低,只能在最后,等再有人加入,她就可以不当最后一个了。说完这些他又

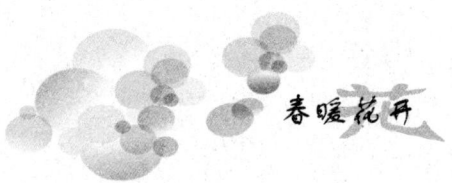

补充说最后这个位子很重要,和第一个一样重要。大苗也是这么想的,前面会有危险,背后也会有危险,这么说,自己的角色是很重要的。

于是大苗就站在了最后。

他们一边走,那个小男孩一边和他们讲一些编出来的情景,一会说那边出现了一只老虎,现在派你去打,打了一会他会说,你也去,看来她是打不过了,到最后他会宣布他们战胜了老虎,于是一行人又继续前行,走了几步,带头的小男孩又会停下来,说那里出现了一只狮子,现在派你去了。

大苗一直静静地在旁边给他们加油,她在等派她去打老虎的时候,可是还没等到,大苗就出事了。

等大苗自己发现的时候,她穿的袜子已经被血染红了。她没有感觉到痛,只是觉得脚上湿湿的,低下头一看,哇的一声就哭了出来。

前面的孩子都回过头来,他们看到了大苗满是鲜血的双脚,那被染红了的袜子此刻显得异常的恐怖,有几个胆小的孩子都捂着眼睛惊叫起来,那个带头的男孩子似乎也被这突如其来的事情吓坏了，完全没有刚刚的那副天不怕地不怕的架势了，而是不知所措了。

这时，有个女孩子说："快点把她抬到屋子里。"

"抬哪里的屋子啊？"带头的男孩看着那个女孩，现在仿佛那个女孩成了他们的头了。

"我家就在附近，抬我家去，我家没人。"

于是大家七手八脚地扶着大苗，大苗拖着眼泪和鼻涕，把那只受伤的脚提了起来，用另外一只脚一跳一跳地前进。

到了那个女孩的家里，他们让大苗躺下来，此时此刻大苗已经停止了哭泣，她觉得自己就像是一个英勇倒下的战士，现在大家都围着她转，她成了主角，她是个英雄。

"我们应该给她把伤口擦一擦"，那个小女孩又说道，于是大家又一窝蜂地钻进卫生间找毛巾，擦完之后，女孩说要拿东西给包起来，她说电视上都是这样的，可是没有找到可以包扎的东西，大家这时都不约而同地想到了那根竹竿上的红布条子，"对，拿那根红色

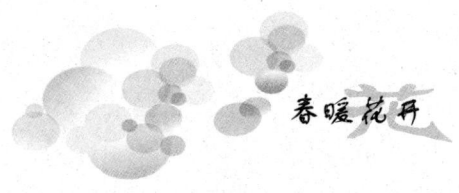

的布条子扎。"大家都表示赞同。

　　大苗躺着，看着他们在她的脚上绑了一圈又一圈，现在她的脚仿佛成了那根竹竿，她想她走到风里面的时候，红布条子也会飘起来吧。

　　包扎完以后大家都松了口气，大家觉得应该没事了。

　　这时，那个带头的男孩子低下头，跟大苗说："你回家以后别跟你爸妈说你脚上戳到钉子了，不要告诉他们，不然我们就死定了。"

　　大苗看着那个男孩，不知道该说什么。

　　男孩看大苗没有反应，于是又说到："要是你说出来了，以后我们就不能在一起玩了。知道吗。"

　　大苗突然感到一阵恐怖，她突然觉得这不是一件小事，她感到自己被威胁了，她又觉得自己好像加入了一个恐怖的地下组织，现在大家让她不能把秘密说出去，如果说出去了，她就会被他们除掉，那么如果不说的话，会不会有事呢？"想了一会，大苗决定先告诉他们自己不会告诉父母的，她觉得现在如果说要告诉父母的话,是非常危险的,毕竟她现在脚还受着伤,要是他们联合起来攻击她的话,自己逃也逃不掉。

"可是我这样我爸妈会不会看出来啊,我又不能正常走路。"

男孩觉得大苗说得也有道理,想了会说:"那你就一直躺在床上,估计明天就好了。"

大苗点了点头。

大苗提着一只脚小心翼翼地回家,趁没人注意的时候偷偷溜进了房间,躺在自己的床上,她看着自己那只用红布条子包裹着的脚,觉得伤口在隐隐作痛,她突然感到害怕起来,她不知道到底该不该告诉爸爸妈妈,她怕告诉了父母他们会怪她不当心,也怕那些孩子以后再也不和她玩并且他们一定会嘲笑她说话不算数,可是她还是害怕,她越害怕伤口就越痛,她的脚慢慢变麻,她一动也不能动,她感觉自己就快要死了,她想自己是不是就要死了,想到这些,她恐惧极了。

她的眼睛死死盯着天花板,终于忍不住了,一骨碌从床上爬了下来,用一只脚跳到马婕身边,一边流泪一

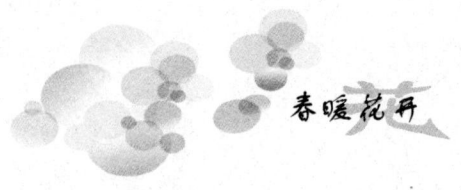

边说着"妈妈我要死了,妈妈我不要死啊",越哭越大声,也听不清楚接下来她又说了些什么,到最后,就是歇斯底里的哭啊哭。马婕站在一边有点不知所措,她不知道发生了什么,只能连骗带哄地问大苗发生了什么?大苗唔里唔里哭得气喘吁吁。

哭了大半个小时,大苗眼睛肿得像两个小灯泡,脸上的泪痕横七竖八张牙舞爪般地在她的脸上肆意蔓延,小小的肩膀在妈妈温暖的双手的抚摸下还是一上一下剧烈地起伏着。这次她是真的哭了,好像这是她最后一次哭泣,所以要用尽全身力气,流光所有眼泪一样。

终于,筋疲力尽后大苗讲出了原因,讲完以后她又流着泪问马婕她会不会死,大苗想到自己就要死了,一个小孩眼里的死该是怎样的呀,他们才到这个世界不久,他们的生活还才刚刚开始,大苗觉得死亡大概是世界上最恐怖的事情了,死亡就意味着自己从这个世界上永远的消失了,自己再也看不到爸爸、妈妈、姐姐、弟弟、顽固先生、同学、老师,她再也看不到花花草草,不能坐在弄堂里看书,她什么都没有了。

马婕弄明白事情的经过之后,就急着找元天石回来,让他带大苗去医院。马婕看着大苗,用很严肃的口吻告诉大苗:"以后这种事情一定要第一时间告诉我们,不能憋着不说,这可不是闹着玩的,戳到钉子是要去医院打破伤风的,如果不打,是有可能会死掉的。"马婕一点也没有吓唬大苗的意思。

大苗此刻心里已经好多了,至少现在她的身边有爸爸妈妈,他们在的话,自己应该不会死掉了,她庆幸自己说了出来,要不自己说不定真的会就这样死掉了。

元天石把大苗送到医院,医生把红布条子拆掉的时候嘴里咕哝了一句:"这么脏的布还用来包扎伤口也不怕感染啊。"大苗看着医生就那样把那块红布条子扔进了垃圾桶,然后给她换上了一块干净的白色的纱布。

打破伤风针的时候,大苗也没有哭。当时她的胳膊比脚上的伤疼痛好几倍,可是她心里知道,那针打下去是好的,是能救她命的,她不但不能哭还得心存感激。

打完针大苗松了口气,医生似乎还不放心,让大苗

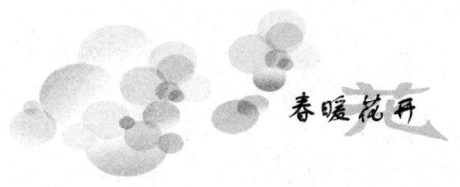

去挂两瓶盐水再走。于是元天石带着大苗到输液室里面。

输液室很小，里面除了两张床之外什么也没有，那房间白得有点吓人，雪白的墙壁，雪白的床单，刚打开门的时候甚至有点刺眼。另外一张床上正躺着一个老人，他只有一个人，也在输液。

他看上去至少有70岁了，头发全都白了，在那有着深深皱纹的脸上长满了老人斑，大苗记得妈妈曾指着隔壁人家的一个老人的脸说那是"催死斑"，她第一次听到这么恐怖的名字，不用妈妈说她也能隐隐明白长那种斑的通常是一些快要死掉的人，要不怎么叫"催死斑"呢，她想总有一天自己的脸上也会长上那种斑的。

现在，她同情地看着她旁边的那个老人，看到他脸上密密麻麻数也数不清的"老年斑"，那老人闭着双眼，似乎睡着了，要不是看到他那一起一伏的胸膛，你还真有可能认为他是不是死了。

大苗正想着，突然那老人说话了，他的声音有点沙哑。

他慢吞吞地讲道:"那时候有个人啊,真的是个怪人啊,从小就没了爹娘,一直是跟着爷爷长大的,到了十几岁的时候,爷爷也走了,他穷得叮当响,也没有姑娘肯嫁给他。"大苗和元天石互相看了看,他们都不知道那老人是在说梦话呢还是在和他们说,这屋子里只有他们三个人。

老人继续说道:"后来啊,他就以乞讨为生,每天拿着个碗,一家一家去要饭,他穿得破破烂烂,身上还散发着一股令人讨厌的臭味,一开始大家看他可怜还给他点剩菜剩饭,到后来,没有人再想看见他了,人们远远看到他就都把门关得死死的,他再也讨不到一点饭了,他肚子一直饿得咕咕叫啊,可是这个人很懒,就是什么也不想做,但他也不会去偷去抢,他宁愿吃树皮吃青草也不会去碰别人地里种的庄稼蔬菜。他就是这样一个人,可是后来他出事了。"

此时此刻,大苗和元天石已经被老人的故事给吸引住了,他们都仔细地听着,想知道后来怎么样了。

老人的眼睛还是闭着,他的故事却继续着:"那天

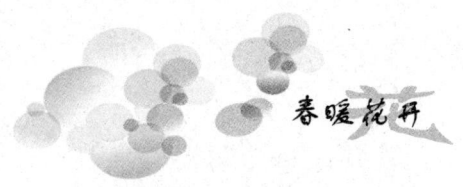

突然乌云密布,雷声大作,豆子般大的雨点就那样倾泻而下,那个人此时正在一片墓地旁的小路上,他的头发湿了,脸上全是雨水,他的脚踩在了污泥里,陷了进去,怎么也拔不出来。他干脆一屁股坐了下来,坐在泥浆里,他用手擦着脸上的雨水和他的泪水,他想老天爷啊,你就一个闪电劈死我吧。他刚一说完。砰的一声,天上一个闪电就劈了下来,劈在他当头顶,他随即倒下了。"

老人在说那"砰"的一声的时候,大苗浑身的汗毛都竖了起来,大苗吓得一身冷汗。

"后来,等雨停了,有人发现了被雷击中的那个人,他已经浑身僵硬,没有气了。人们说好歹也把他埋了吧,大家伙就动起手来,正好这附近就是墓地,有个人还说这人还真会挑地方啊。附近的村民听说打雷劈死了个人都赶过来看热闹,大家都议论纷纷,有人说那人真可怜,一生过得这么凄惨就这么给雷劈死了;有的人则厌恶地说他活该啊,被雷劈死也正常。大家七嘴八舌地议论着,地上的坑也挖得越来越深越来越大,最后有个人说差不多了,把人抬进来吧。大家都有点无从下手,这个死人身上全是泥巴,脸都快看不清了,大家觉得他也怪可怜的,可是有谁愿意帮他洗洗换身干净的衣服呢,他们和他非亲非故的,让入土为安已经算是良心发现了。人们小心翼翼地将他抬起来,快要抬到坑边的时候,他们中一个不小心手滑了一下,那人就从他们手里滚了下去,正好滚到坑里,有人开玩笑说他倒还知道给我们省事呢。这话刚一说完,突然旁边有个小孩惊叫了一声。"

大苗的心又一次悬了起来。

"大家都不约而同地将头转向那个小孩,只见那个小孩脸色苍白,眼睛瞪得很大满是惊恐,他的手指着那个坑,嘴巴里支支吾吾地说不出话来。大人以为小孩撞鬼了,急得哭了起来,旁边的人安慰他说别急,那孩子却还是一句话说不出来,手指直指向那个坑,大家都很好奇,也都往那个坑里看,这一下可不得了了,大家看到那个刚刚正被他们抬进坑里的人居然坐了起来,直直地坐在那里,眼睛也睁开着,大家都惊恐地尖叫起来,

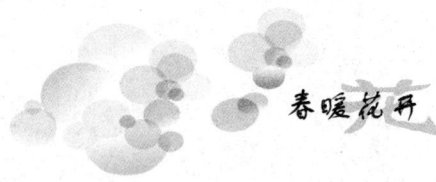

几个大男人也吓得腿直哆嗦,你说这种事谁见了不怕呢,明明是一个死人这下怎么又活了,到底是鬼还是人。"

此时此刻大苗已经惊恐万分了,要不是元天石就在旁边,她一定是吓得跑出了这件房间,太恐怖了。

"那个人真的就活了过来,但是人们都以为他是鬼,再也不敢靠近他。他在活过来的时候眼睛已经看不见了,他痛不欲生,几次想要自杀却都没有成功,似乎是老天还不让他死,他就这么一直痛苦地在这个世界上活着,一个人。"

老人的故事似乎讲完了,因为过了好久他都没有再讲话,这时,进来一个护士,她进来看了一眼那个老人,然后看了看元天石说:"那个老人眼睛瞎了,麻烦你帮他看一下,等盐水快完的时候来叫我一声,行吗。"

大苗和元天石此时都倒吸了一口冷气,他们都觉得这个房间特别的阴冷,大苗紧紧拉着元天石的手,她的脑子里全是那个在墓坑里坐起来的满脸泥浆的人和旁边躺着的这个眼睛一直闭着的脸上长满"老年斑"的老人，她觉得他们就是一个人。

后来挂完盐水，大苗问元天石："爸爸，那个老爷爷讲的那个人就是他自己吗？"

"怎么可能呢，那肯定是他编的，世界上哪有人死了又活过来的呢，根本是不可能的。"虽然元天石嘴上这么说着，但他心里其实和大苗想的一样，只是希望再也不要去到那个诡异的白色病房。

10

大苗在日历上又画上一个圈圈，接着又数了一下前面的红色圈圈，有 21 个了，这么说爸爸已经有三个礼拜没有出去赌博了，他下班回来后就直接回家，和他们一起吃饭，有时候还帮着妈妈一起准备做饭，吃过饭之后他会过来看看自己的作业。这正是大苗所期望的爸爸，但是这样的元天石让大苗有点害怕，她不知道为什么爸爸突然变了，更确切地说是变好了。

元天石的确变好了，马婕也感觉到了，仿佛时间一

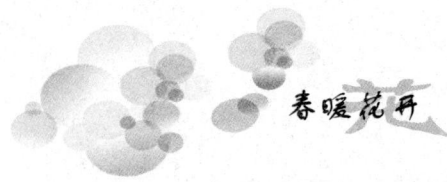

春暖花开

下子回到了他们刚结婚那会,有时候他也会突然冒一句他之前太不应该了,太没有尽到一个丈夫和父亲的责任之类的话,马婕听得心里突然一热,虽然这么多年自己过得那么辛苦,但是有时候一点点的安慰就能让她把那些苦忘掉。马婕突然觉得如果一直这样的话日子艰难点也没什么大不了的,至少一家人还像是一家人,这比什么都重要。

这一天,天气特别的好,天上一朵云都没有,天空好像很久都没有那么蓝了。大苗坐在弄堂里抬头望着天空,她只能看到一条狭长的天空,她想到了一个成语——坐井观天,那是顽固先生给她讲过的成语故事,她心里想着,现在她就像那只青蛙,但她可比那只青蛙聪明多了,她知道虽然自己现在只能看到这么大一块天空,但实际上天空是无边无际的,她不要做一只井底的青蛙,她要跳到地面上,她要看看那广阔的无边无际的天空,她一定能看到的。

到了下午的时候,元天石提议要带大苗和马程才去长江边玩,他说我们离长江那么近,孩子们都还没见过长江呢，必须要去看一看呢。

大苗一听要去长江边玩，赶紧去换了小拖鞋。但是马婕不让马程才去，她说以后孩子有的是机会看，元天石没有强求，他实际上只想和自己的小公主去呢。

元天石和大苗带了两瓶水就出发了。他们从家门口外的路一直往东走，路两边种满了柳树，那些柳树好像在那里已经长了几十年几百年了，它们可能是那里资质最老的，所以一棵棵都是那样的神气，自由地生长着，柳枝在风中摆动，左……右……左……右……好像是在向那些年轻的生命们炫耀着什么。它们并不把老认作是逼近死亡，它们觉得老就是一种资本，是日积月累起来可以拿来炫耀的资本。而那些隐藏在柳树条后面的各种小餐馆一个倚着一个，一个靠着一个。每个店面上都有一个招牌，至于招牌是什么样的，那就是五花八门，什么都有，大部分都是为了省钱，采用最简单的办法，贴上一张"纸"，只是这张纸很大，大到足以罩住整个铁框架，只有很少数的店家会在招牌上花一笔钱，大多数店家认为那不值也没必要，而其实也是，我们通常就只

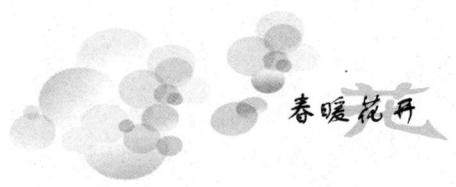

记住了那些店的名字,而这些名字是写在什么上的,我们好像从未注意过。

经过一家宠物店的时候,门外堆了一堆铁笼子,从铁笼子的缝里探出一个个黑黑的小鼻子,虽然有股臭臭的味道,大苗还是情不自禁地靠了过去,凑近了看着它们,元天石也跟着大苗一起,他很自然地和老板问东问西,好像他们现在就要买下一条狗一样,老板也饶有兴致地回答着问题,好像那些被关在笼子里的小生命都是他自己的孩子,而他现在就是为他的孩子找个好的归宿。

大苗似乎特别喜欢一条狗,走的时候还依依不舍地回了好几次头,那是一条小猎犬,绒绒的白色小短毛中夹着几撮小黄毛,很无辜的小眼睛,躲在笼子的一角,一点也不起眼,大苗一下就发现了它,在它前面蹲了好久,他们一定在那时候说了些什么吧,要不大苗走的时候那条小猎犬怎么呜呜呜地叫呢,它要是能说话,一定是想说"带我走吧"。

大苗不能带它走,大苗不能照顾好它,大苗只能祝福它找到一个对它好的朋友，大苗真的很想带它走，大苗知道小猎犬一定是孤独的。

离开了宠物店，大苗和元天石继续向前走。

刚开始的时候大苗一蹦一跳的一直走在元天石前头，嘴里还哼着小曲，不停回头催着："爸爸，快点，快点啊。"走了半个小时候以后，大苗就显得有点体力不支了，脚步明显变慢，小曲也不哼了，现在元天石就逗她了："我的小公主怎么一下就走不动了呢。"大苗是真的走不动了，她有点热，走得气喘吁吁，她后悔一开始走得那么快了，自己应该保存体力的，现在脚真是很重很重，抬都快抬不起来了。

"现在我们可是只走了一半的路哦"，元天石告诉大苗。

"还有那么多路要走啊，爸爸，你不是说很近的吗？"大苗哭丧着脸。

"是的啊，这已经算是很近的了，还是爸爸背你会吧。"说着元天石把大苗放到了自己的肩膀上。

大苗坐在元天石的肩膀上，好像一下子从一个小矮

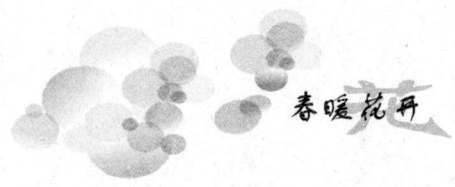

人变成了一个大巨人,大苗惊呼一声,"原来在上头看到的景色和在下面看到的是不一样的啊。"大苗兴奋地东张西望,元天石微笑着。

走了一会,大苗发现爸爸的脚步也明显变慢了,喘气声也越来越重,脸上的汗也一滴一滴往下流,大苗拉了拉元天石的手,说:"爸爸,我已经休息好了,我可以自己下来走了。"

"那好,等走累了爸爸再背你。"

大苗从元天石的肩膀上下来,才发现爸爸的衣服全湿透了,大苗有点心疼,她觉得自己刚刚明明还能走的,害爸爸那么辛苦,她想等自己长大了,一定要好好孝敬爸爸,要先给爸爸买一个好的剃须刀这样爸爸就不会被刀片划伤,还要给爸爸买好喝的茶叶,因为爸爸喜欢喝茶。

"现在离长江越来越近了哦。"元天石告诉大苗。

大苗睁大眼睛使劲往前看,却连一点长江的影子都没看见,不过她也不知道长江到底是什么样子,她觉得长江一定是比她家旁边的那条河要大,至于大多少她还没有这么个概念。但是虽然还望不见长江,大苗却能感觉到一阵阵风从正面吹来,吹在她的脸上,吹进她的鼻子里,她深深吸着气,想要闻一闻风里带来的长江的气味。

突然,元天石张开双臂,"我的小公主,来,我们一起跑过去吧。"

大苗学着元天石的样子,张开她的小手臂,然后他们父女俩一起迎着风向着长江跑了过去。

他们就如同一大一小两只鸟,张开翅膀在飞,虽然他们没有飞起来,但他们快乐得就好像自己真的飞了起来,飞在蓝天中,像鸟儿一样,自由自在。

等长江真的出现在大苗眼前的时候,她简直不敢相信,"这就是长江么,这就是长江啊!"大苗看着眼前白花花的水,望不到边,"它大的简直和天差不多了",大苗又惊呼。

她看到宽阔的长江里有一只只大船,她从没有见过这么大的船,它们竟然比房子还要大,这么大的船竟然不会沉下去。大苗还看到岸边时不时被冲上一两只螃

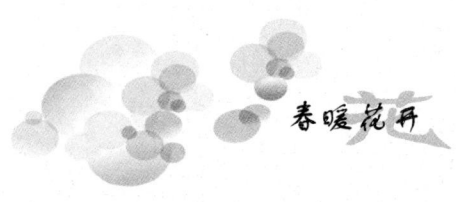

蟹,等下一个浪再冲上来的时候,螃蟹又没有了。

大苗看着那长江水,看得出了神,这和自己想象中的长江一点也不一样,她想要是自己不亲自来看一看,她是无论如何也想象不出这长江到底是什么样子的。

他望向爸爸,她看到元天石和她一样,也痴痴地看着长江的尽头,那和天连在一块的地方,那是什么样一个地方呢?她决定等自己长大了一定要去那个地方看一看,看看水和天到底是怎么连在一块的。

元天石坐了下来,大苗也坐了下来,他们一起面向着长江水,眼睛都望向远方,他们都在想什么呢。

本来那天他们还要待得更久一点的,等到涨潮的时候,但是天好像突然灰暗了起来,于是他们决定从小路绕着回去,那些小路都是藏在一幢幢房子里面,那些房子都挺古老了,外面的墙壁下长了一些深绿色的青苔,和大苗家弄堂里的一样。脚下的路大多是由一些大小不一的石头拼成的,虽有高高低低,但都已经被磨得很平很平了。他们也不知道前面的路通向哪里,有好几次,他们走进了死胡同,然后只能回头再绕出来,他们好像走进了一个巨大的迷宫，两个人一步一步摸索着寻找出口。不时的，他们能看见一两个老人，他们看上去已经那么老了，老的好像快要走不动了，他们的神情是那样的淡定，好像天塌下来他们也不怕，是啊，活了这么大岁数了，还怕什么呢？他们脸上的那一道道深深的皱纹，有的笑着有的哭着，总之生动异常，那些是用几十年的时间一道一道刻上去的啊。继续走着，经过窗户的时候，总有一股香气逼来，不一会儿，到处都是饭菜的香气了，那些香气是熟悉的却又都很陌生，大苗很想随着香气一直走，然后大吃一顿。

"饿了吧？"元天石看穿了大苗。

"有一点点，爸爸。"

"那我们要加快步伐了咯。"

说着元天石抱起大苗开始奔跑起来，大苗觉得自己好像快要飞起来了，迎面的风吹乱了她的头发，她懒得再去捋顺它们了，让它们和自己一起享受这份自由吧。停下来的时候，元天石又气喘吁吁了。

大苗陪着元天石休息了一会，然后他们继续往回

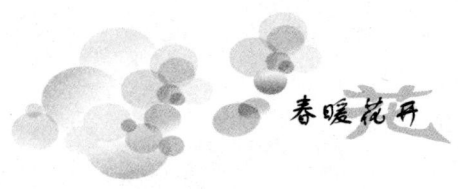

走。

终于,他们走到了一条刚好能卡过一辆桑塔纳车的路上了,眼前也好像突然之间就开阔了,路两边栽着两排不知道名字的大树,大苗脑子里只闪现出小学课本里学的白杨树的形象,高大,挺拔,像两排战士一样,大苗想起了课文里那两个孩子对白杨树的争论,争论它到底是树还是伞。大苗知道她看到的这并不是白杨树,因为她记得课文里说,白杨树是在戈壁滩的沙漠里的,而这里不是沙漠,所以它们不是白杨树,虽然它们真的很像白杨树。

很久以后,大苗才知道这些树的名字,大苗知道它们不是仅仅像白杨树,它们就是白杨树,她一直忽略了一点,白杨树不是一定要长在戈壁滩才叫做白杨树,无论是哪里,哪里需要它,它就在哪里很快的生根发芽,长出粗壮的枝干,它就成为那里的白杨树,它们永远那么坚强,不软弱,也不动摇。大苗也始终都是大苗。

离家还有一段路的时候,雨突然就下了起来,像小石子儿一样一颗一颗砸下来。雨点砸在脸上,冰冰的有点疼；雨点砸在地上，溅起无数小水滴，还发出啪嗒啪嗒的声响；雨点砸在花花草草上，像水晶一般，晶莹剔透。

路旁的一些小商店成了人们避雨的好地方。店门口站着一些没带雨具的人，他们的眼睛都焦急地东张西望，好像从对面能走来一个人，递给他们一把伞似的。元天石望着下着的雨发了会儿呆。

"我们等等走呢还是现在走？"元天石征求大苗的意见。

"现在走吧，爸爸，反正马上到家了呢。"

"那就听你的。"说着元天石帮大苗带起了帽子然后他们一起走进了雨里，元天石好像什么也不怕，大苗走在他旁边也好像什么也不怕，那些在商店躲雨的人看着他们的背影，一高一低，一大一小，他们在雨里坚定地向前走，他们越来越远，越来越小，但却不渺小。

那天在雨里，好像把大苗所有的不快都冲刷掉了，只剩下一个快乐的大苗，她知道雨点打在头上是冰凉冰凉的，可就是那样，大苗感到异常的轻松，从未有过的

156　轻松，你顿时就觉得自己轻松的可以飞起来一样，像一根羽毛顺着风的方向。

11

谁都没有去想元天石这突然的变化，大苗没有，马婕也没有，马程才更不会去想。大家都感觉到了，但是他们没有多想为什么，直到元天石被送了医院。

那天从长江边淋了一身雨回来，大苗和元天石都感冒了。马婕一边给他们敷毛巾，一边责怪元天石："你说说看你，都几岁的人了，也没个大人样，自己淋雨不说，还让孩子跟着一起淋，你病了是无所谓，孩子病倒了怎么办。"

元天石微闭着眼，笑笑说："哪能有什么事，就是着凉感冒了，谁还没个感冒呢！"

"就你有理，弄成这样还笑得出来。"

第二天，大苗的烧退了，元天石的烧却没有要退下来的意思。早上大苗跑去他床边看他，叫了好几声爸爸,元天石只是嘴里答应着却始终没有力气睁开眼睛。

马婕去上班前,对大苗说:"今天要由你来照顾爸爸了。"

大苗坚定地点了点头,她一定能把爸爸照顾好的。

马婕走后,大苗就一直守在爸爸身边,给他换毛巾。元天石却一直睡着,但他知道他的女儿此刻就在他的身边陪着他,这就比什么都好了,他的头很痛,整个身体很沉很沉,他想和大苗讲讲话,他怕她会无聊,但他说不出一句话,他没有一点力气。

大苗拉着元天石的手,轻轻地说:"爸爸都是我不好,我都这么大了还让你背我走,你一定是累坏了才会一直没好起来的。"

元天石一整天都没有醒过来,大苗没吃没喝一刻也没有离开元天石,直到马婕带马程才回家,她才跑到门口泪眼蒙眬地告诉妈妈"爸爸还是没有醒过来"。

马婕一听这下也着急了,赶紧走进房间,摸了摸元天石的额头,真是烫得厉害呢。现在她才发现元天石病倒了她却没有办法把他送去医院,只好打120叫来了救

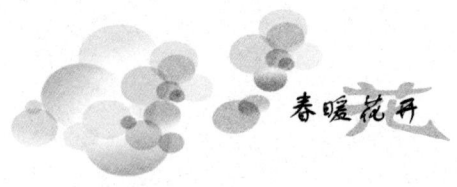

护车。

　　走之前,马婕嘱咐大苗:"今天晚上妈妈可能不回来,你要和弟弟待在家里。"

　　大苗害怕急了,她也想陪着爸爸一起去,但她知道自己现在只能在家里照顾弟弟,等爸爸回家。

　　"你要乖,别担心,去了医院挂了水马上就能好的。"

　　"明天能回来吗?"大苗问。

　　"肯定可以回来啦,放心吧。"

　　大苗还是不放心,救护车很快就来了,几个医生模样的人一边抬着爸爸,一边和妈妈说着什么,妈妈看上去也很着急,爸爸被抬进了救护车,接着妈妈也上了车,最后车门砰的一声关上了。

　　把房子里的灯通通打开之后,大苗就窝在沙发里,眼睛一眨不眨地看着电话,她感到从未有过的孤独与无助,她想到爸爸是那么爱自己,爸爸总是知道她心里想的,知道她的委屈,爸爸就像是一座大山,可以让她依靠的大山。但是今天爸爸突然就倒下了,她不能接受,大苗使劲摇着头,她希望明天快点到来,她希望看见爸爸和妈妈一起回家来。

她又看看弟弟,他还那么小,什么也不懂,她多么希望自己现在也能像弟弟一样,那样她就不会那么难受那么担心了。

时间一分一秒地过得特别慢,大苗望着墙上挂着的钟,心里忧伤着默默流泪,躺在沙发上,渐渐睡去了。

第二天醒来,已是中午。她已经记不得昨天发生的事了,隐约觉得是做了一个梦,可是没一会儿房子里的寂静让她听着自己的呼吸声而突然清醒了过来,她跳下了沙发,没顾得上穿好拖鞋,就跌跌撞撞冲进每一个房间,最后她无力地跌坐在地板上,号啕大哭起来,她哭得惊天动地的,从来都是吝惜每一滴眼泪的她今天却像一个没有阀门的水龙头,水就那样哗啦啦地流淌,停不下来,她一边哭嘴里一边喊,但听不清她在喊什么,只是那喊声撕心裂肺的,让人心疼。

哭累了,就停一会,然后接着继续哭,脑袋变得沉甸甸的,眼睛也是沉甸甸的,两条腿也是沉甸甸的,身

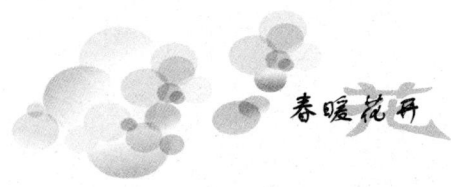

体的零件都仿佛变得迟钝了,想要操控它们也变得越发的困难。就这样,哭哭停停直到傍晚马婕才回来。

马婕好像是在这一夜之间变老的,眼神恍惚,目光呆滞。仿佛刚刚经历了一场灾难,那是一场具有毁灭性的灾难。

大苗听到门口的动静,飞奔过去,抱住马婕的大腿,那时候已经哭不出声来了,只有大声喘着的气和控制不住的眼泪。

马婕强忍着泪水蹲下来,看着两眼红肿的大苗,一把紧紧抱住,好像不抱住她就会马上消失一样。

马婕似乎已经哭过了,眼睛和鼻子都通红通红的,大苗见爸爸没有跟着一起回来,害怕地问马婕:"爸爸怎么没回来。"

马婕为了不在孩子面前表现的太失态,深深吸了一口气,牵强地笑了笑说:"你爸爸快好了,但是为了能好得快一点,所以还得挂几天盐水呢,过几天我们一起去看他,好吗,你爸爸可想你了。"

大苗知道妈妈没有说实话,她知道爸爸这次一定病得很重,不然妈妈不会哭,妈妈这么坚强的人怎么会哭呢,妈妈一定哭了一个晚上,大苗想着也呜呜哭了起来。

"妈妈,我想去看望爸爸。"大苗看着马婕。

"妈妈知道,但是现在还不是时候,医生说爸爸现在需要休息,等过几天爸爸回来了你不就能看到他了吗?"

"爸爸会回来吗?"

"当然会了,爸爸当然会回来了",马婕的眼泪又在眼眶里打转了,她眨了眨眼睛,走开了,她不想让大苗看见,她不想看到孩子伤心难过,她现在必须比以前更坚强,她不能倒下,可是该怎么告诉大苗和马程才,她还不知道。

马婕打电话给元亦文,元亦文就连夜赶了回来,回来的时候,只有大苗和马程才在家。这几天马婕一直在医院里,大苗知道爸爸病重了,她很想去看爸爸,但她知道她必须留在家里,她还得照顾弟弟,她是当姐姐的人。

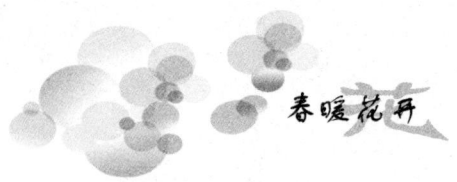

看到元亦文回来了,大苗又是高兴又是难过,最近她好累好无助,她没有可以说话的人,她心里的苦闷无处去说。元亦文说她都懂,她知道,她什么都知道。她答应大苗明天带她去看望爸爸,那天晚上,他们姐弟三个挤在一张床上,相拥而睡。

第二天到了医院,看到爸爸在重症监护室里,身上插满了管子,大苗彻底崩溃了。之前大苗知道爸爸病得很重,但是那是她心里最最坏的打算,她心里还是坚信爸爸其实没什么大碍的,现在,她看到了事实,事实结果是最坏的,即使她已经考虑到了这最坏的结果,她还是无法接受,她无法接受爸爸躺在那里,和她隔着一层玻璃,他看不到自己,听不到她喊爸爸。

那天,大苗去了医院就不愿再离开了,马婕心里也是难过,想着让孩子多看看爸爸吧,于是决定一家人都留在医院里。

过了几天,元天石已经能起来和大苗他们说说话了,虽然说得不多,因为他一会就累了,但是大苗还是很满足,每次爸爸睡着了,他就坐在一边等着,等爸爸再醒过来,她会和爸爸说话,她知道爸爸能听得见的。

马婕白天要去上班,晚上就到医院里来,医院里一天的费用很大,家里本就没有多少积蓄,每天这么花钱,家里的积蓄根本不够,马婕心里隐隐担心,幸好元亦文这几年也有点积蓄,但是人家以后也得过日子的。

马婕心里头着急,但是在孩子面前她必须做好一个母亲的样子,她知道现在她不能倒下。她想着医生和她说的话,医生说元天石的情况已经不是很乐观了,现在只能化疗了,但是希望也是不大。

马婕明白医生的话,但是不管怎样,病是一定要治的,钱没有了可以再赚来,人没了就是没了,再也回不来的。

有时候,大苗会在病房的走廊里面坐着,看着那些病人有的躺在床上呻吟,有的坐在轮椅上望着窗口发呆,有的和几个病友一起聊聊天,回忆以前的往事,大苗知道住在这一楼层的病人都是病得很重的,他们可能都不能活太久了,对他们而言,现在的每一天都是值得好好珍惜的,你不知道自己还能不能看到明天的太阳,

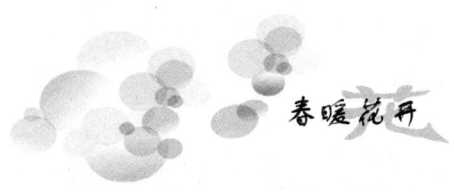

所以把今天当成自己在这世上的最后一天来度过。

大苗心里很同情这些人,她觉得他们活着很痛苦,每天她都能听见从各个病房里面传来的一声声痛苦的叫声,那是被病魔折磨的叫喊声。大苗注意到在爸爸隔壁病房有一个老爷爷每天早上都会很痛苦地在那里叫唤,大苗心里听得很难过,她知道他一定很痛苦,有时候早上她会故意到别的地方去,她实在不忍心听到那么悲惨的叫声,那叫声每一声都像是一把刀子划在你的身上。

但即使这样,这位老爷爷还是很乐观,大苗有时候会倚着门框看着老爷爷,老爷爷招手示意她过去。

老爷爷问她怎么会在这,大苗说她是来陪爸爸的。大苗说她怕爸爸会离开她。

老爷爷告诉他,他已经在这里住了好几个月了,医生说他最多能活一个月,可是你看,他说:"我这不一直活得好好的吗?"

要是平时的话,你根本看不出这个老人是一个身患绝症的人,他看到谁都是笑嘻嘻的,和别人开开小玩笑,有力气的时候,会到走廊里面走走,去别的病房串串门，大家都喜欢他，看到他心里就舒畅许多。

大苗很佩服老爷爷能这么坚强乐观，医生都告诉他只能活一个月了，他没有自暴自弃，他还是坚强地活了下来。他相信爸爸也是这样的，过不了多久，爸爸就能和他们一起回家去了，这几天爸爸看上去已经好多了，有时还能下床走动，就是不太爱说话了，总是盯着一个地方看，似乎是在想什么。

大苗觉得自己应该把老爷爷的事讲给爸爸听，这样能给爸爸打气，让爸爸相信自己能好起来的。

"你怕死吗？"大苗问老爷爷。

"死有什么好怕的，我们每个人都会经历的。"老爷爷笑着说。

"可是死了就永远看不见这个世界，看不见家人和朋友了啊，你就会一个人，孤独的永远一个人。"

"那就珍惜现在啊，孩子，珍惜你在这个世界的时候，珍惜你家人朋友在你身边的时候。人死了就什么也不知道了，不会孤独也不会寂寞的孩子。"老爷爷认真地告诉大苗。

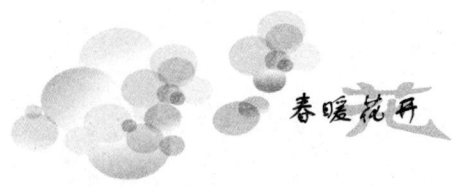

"那你会抱怨上天对你不公平吗?"

"为什么这么觉得呢,能来到这个世界上就是上天给我的最大的恩惠了,我来到这个世界,不管生活是什么样的,只要你把它看成是美好的,它就是美好的,不要去抱怨,抱怨越多,越不快乐的人是你自己。有时候我就想,生活再糟能糟糕到哪里去呢?只要你还活着,就是有希望的。你听到我每天早上都痛苦的喊叫吧,我一点不觉得痛苦。"老爷爷得意地说。

"你不痛苦吗,可是我觉得你好痛苦。"

"当然,我可以感到痛苦,一开始我也是这么想的,我想我为什么要得这种病,为什么要这么痛苦,有太多的为什么了,后来我突然想通了,我想既然这痛苦无法避免,那我何不换一种想法,我想到这种痛苦是为我这一生所犯下的大大小小的错误来还债,这样想着,我心里就舒服多了,身体在痛,心里却很开心。我想每个人的一生都没有什么固定好的模式,从你一出生起,就是你自己在创造你的人生,你会遇到各种各样的事情,有时候你可以逃避有时候你不得不面对它,你可以选择悲伤，你也可以选择乐观，一切都取决于你自己。"

大苗听到医生跟妈妈说等爸爸的身体状况好一点就马上能进行化疗了。大苗跑到元天石身边，激动地告诉爸爸："爸爸，医生说了，你很快就能化疗了，化疗完了你就能好了，和以前一样，我们就一起回家了，爸爸，你开心吗，爸爸。"

元天石脸上露出一阵凝重的表情但马上就变成了笑容，他摸着大苗的头，说："爸爸当然开心了，能和你们一起回家爸爸开心死了，爸爸真是后悔以前没有多花时间陪陪你们，爸爸不该出去赌博，把钱都输光，爸爸是个坏爸爸啊。"

"爸爸你别这么说，爸爸你是世界上最好的爸爸，我最爱你了爸爸，我只希望你快点好起来。"

"会的，爸爸会好起来的，爸爸还要看着大苗长大，看着大苗结婚，看着大苗生小大苗，爸爸怎么也会好起来的。"元天石说着眼泪就流了下来。

大苗用手给元天石擦去了眼泪，"爸爸，你别怕，如果痛的话，你就想这痛苦是为了弥补以前你少陪我

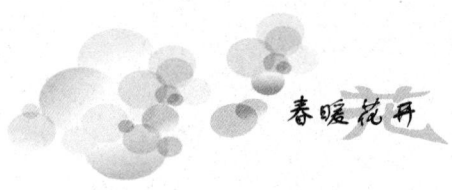

们,弥补你出去赌博,这样你就不那么难受了,等弥补完了,你就好了。"

元天石抑制不住自己的眼泪,就任它们流了出来。他不想让大苗看到自己的样子,就和大苗说自己要休息会,让她出去玩会。

化疗定在下个礼拜一,周五的时候,元天石提出想要回家住两天再开始化疗。虽然医生劝他最好待在医院里,但元天石坚持要回家,说是想家了,最后医生没有办法,只得同意,并让马婕好好照顾,千万别出差错。

到家以后,元天石让马婕给他煮一碗面吃,然后把三个孩子都叫过来,陪他讲讲话。

马婕给他煮了一碗白面,里面放了一个鸡蛋和一点点盐,元天石吃得很慢,每吃一口都要好好回味一番。

马婕看他吃得津津有味,"好吃明天还给你做。"

"行啊,明天我要两个荷包蛋。"

"真贪心,看在你是病人的份上,就给你放两个。"

随后大家都哈哈大笑起来,自从元天石病了之后,很久都没有这么开心地笑了,这一刻好像元天石已经痊愈回家了，他们一家人又重新可以在一起生活，开开心心的。

笑累了，元天石说想一个人休息会，到晚饭的时候让大苗来叫他，元天石还说今天晚上想吃馄饨，马婕说好。

大家都出去了，马婕和元亦文忙着准备晚上包馄饨的馅，还是和以前一样，包的是荠菜肉馅。大苗决定给爸爸画一幅画，画一张全家福，他们从来都没有拍过全家福，大苗一直觉得这是一个遗憾，所以为了弥补这个遗憾，她要自己动手画一幅，画上面爸爸穿着白衬衫，打着漂亮的领结；妈妈穿着碎花连衣裙，披着长长的头发；然后是姐姐、自己还有弟弟，他们三个站在前面。画上面还有他们住的房子，有小鸟，有大树，有蓝天和白云。画好后，大苗用五种不同的颜色在上面写上了"快乐的一家"五个字。完成后，大苗举起画，欣赏了一下，自己很满意，反反复复看了好几遍，她决定等等就拿给爸爸看，爸爸一定喜欢得不得了。她还要把它贴在爸爸病房的墙壁上，这样爸爸每天都能看到它，心里

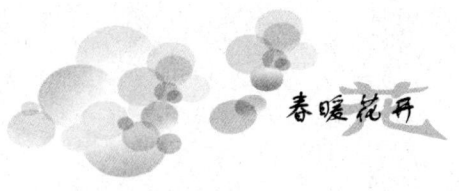

会很高兴的。

几个小时很快就过去了，马婕把包好的馄饨放进沸水里以后，就让大苗去喊元天石。大苗拿着自己画的画兴冲冲跑到元天石房门口，先敲了敲门，里面没人答应，大苗就自己打开门蹑手蹑脚地进去了，看到爸爸正睡呢，走近了，元天石静静地躺在床上，血流了一枕头，红色已经变深，大苗惊叫一声跌坐在地上，听到大苗的叫声，马婕和元亦文赶紧过来，看到元天石的样子，马婕一下晕了过去，元亦文跪在地上抱着大苗痛苦地扭过头去。

元天石咬舌自尽了。元天石用这种痛苦的方式结束了他的一生。

马婕醒过来的时候，还清楚地记得发生的一切，现在她反而平静了，她觉得这样或许是最好的，现在她就是怕孩子们受不了，特别是大苗，她和爸爸最亲。

但是大苗似乎并没有什么异常，除了那天大叫一声瘫坐在地上，之后一直表现得很平静，只是静静地坐在元天石遗体旁边，像他生前那样陪着他，她甚至都没有哭，面无表情，倒是马程才哇哇哇地一直在哭。

马婕以为元天石会留下什么话，但是找遍了所有的地方，什么都没有，元天石走了，什么也没有留下。

元天石咬舌自尽的消息很快就传开了，人们又议论纷纷。那些以前经常说他坏话的人现在一个个都好像受了他的贿赂，一个劲地说他好话，大家仿佛因为他的死而一下子忘记了他的过去，忘记了他是个赌鬼，大家都说他知道治病要很多钱所以自杀了，大家都是这么说的。元天石这一死倒是成了英雄，那些妇女数落自己丈夫的时候总是会说："你看看人家元天石，为了妻子孩子自己都可以去死了，你看看人家。"

元天石是永远也不知道自己居然成了英雄，命运真是会捉弄人。

两天之后，本来元天石是要去医院进行化疗的，现在却要被推进火葬场火化。就像那些人说的那样，他知道自己的病到了什么程度了，即使没有人跟他说，他也知道自己是凶多吉少，他知道做化疗需要很多钱，一大笔钱，他已经对不起这个家了，现在不能因为自己再去

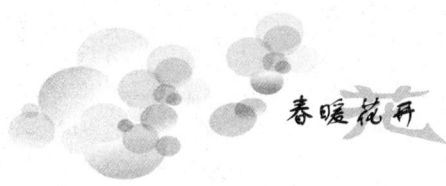

连累他们,他知道自己这样做有点自私,但是他别无选择,他也舍不得,舍不得这个世界,可是他只能这样了。

在遗体被推进去火化之前,家人要进行最后的道别。除了马婕和三个孩子,元天石已无其他亲人,不像别的人死了,都是一群人跟着来送行的,元天石走得时候冷冷清清,甚至有点凄凉,还好妻子和孩子们都在,也够了。

定好是十点进行火化,在离十点还有几分钟的时候,棺材被打开了,家属可以见死者最后一面,一直没有哭的大苗在看见爸爸的那一刻,突然抽泣起来,她努力想控制住自己,可是眼泪真的自己流下来了,来不及把它们憋回去,又一股眼泪流出来了,越流越多,像河流一样淌下来,慢慢地,大苗不再去管眼泪,只是让它们流个够,这些天,她脑子里只想着一个问题,爸爸是真的离开自己了吗?她一直这样问自己,她始终不愿相信中午还好好的爸爸就那样离开她了,她还来不及给爸爸看她画的全家福,爸爸怎么就这么没了呢,没有人再叫她小公主,没有人把她举到肩上,没有人再像大山一样给她依靠,她的大山倒下了。她想不通,爸爸明明说会好起来的,爸爸说会等她长大,会看她结婚生下小大苗,爸爸从来没有说话不算话,可是这一次爸爸却食言了。爸爸甚至都没有和她说一声再见,她甚至记不起爸爸最后一句和她说的话是什么了。

现在,大苗知道了答案,爸爸是真的离开了自己,永远地离开了,不会再回来了,她永远也见不到爸爸了。当她明白了这一点,心里的悲伤就怎么也止不住了,那种悲伤从心底流出来,你说不出来它有多痛,你只知道你难过得不能呼吸,你仿佛就快要死了。

元天石被推进去的时候,大苗一边哭一边轻轻对元天石说:"爸爸,爸爸你什么时候回来啊,什么时候回来看大苗啊?"大苗一直跟着直到入口处,看着被关上的门,大苗觉得世界一下子变得天昏地暗。

元天石的骨灰盒就放在厨房的一个角落里,大苗每天都要去那看好几次,有时候还对着盒子自言自语,像是在和元天石讲话。马婕看着心疼,却不知怎么安慰大苗这孩子。

过了几天,元亦文也要走了,这次她已经请了好些日子的假了,必须得赶回去了,大苗舍不得,但她知道有些事情她无能为力,要离开她的,她留不住。

马婕没有因为元天石的去世而对大苗温柔一点,反倒是更加严厉了,她虽然也心疼,但有种感觉告诉她必须对大苗严厉,她想大苗到时候会懂得,妈妈这样做是为了让她更加坚强,大苗一定要向她一样坚强。

12

马婕有个单位同事的女儿和大苗在一个班。大苗不知道为什么最近妈妈总是提起她。

那个女孩名叫花蕊,是今年才转到大苗班的,开学第一天她一进班级的时候,大家都屏住了呼吸,大苗心里也暗暗惊呼:"她皮肤可真白,白得好像有点透明,白得好像和她的白裙子混为一谈了,她扎着两个羊角辫弯弯的像两个月亮,那两只大眼睛圆溜溜水汪汪的,小小的嘴唇嵌在那张精致的脸上，真像那些盒子里装着的漂亮娃娃。"这还不算，当老师介绍说她原来是某某小学的大队长，几乎年年考第一，现在由于家长工作需要转到了我们班，大家欢迎她，随即而来的是一片掌声。大苗还没有回过神来，世界上竟然有这么完美的人，最重要的是她的名字还那么好听。

让大苗更加嫉妒的是花蕊刚到班级不久就和大家混的很熟了，每个人都很喜欢她，老师同学，她真的就像是一朵美丽的花，人见人爱。

有一天吃晚饭的时候，妈妈突然问起班上是不是转来一个小女孩，大苗很惊讶，妈妈是从来不会过问这些的，怎么会知道她班上新来一个同学呢。

大苗这样想着，说道："是啊，她叫花蕊，成绩很好的。"

"嗯，你可别给她比下去啊！"马婕没有多问，继续吃饭了。

之后，一有考试，马婕都会问问大苗的成绩，还要问问花蕊的，如果大苗比她差了，马婕就会说："人家

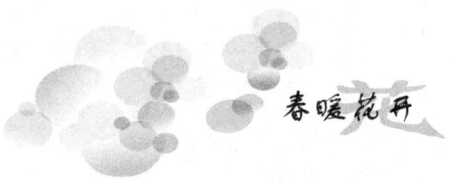

怎么能考那么高,你怎么就不行呢,一样坐在教室里头的,怎么就不一样呢。"

一开始大苗听过也就算了,毕竟是她自己没考好,于是,大苗努力学,认真刻苦,等拿到了好成绩,大苗高兴地回家,心想这下妈妈该表扬自己了吧,妈妈肯定能高兴了,这次她考过了花蕊。可是回到家,大苗告诉马婕后,马婕只是随口"嗯"了一下,就去忙了,大苗一个人呆呆站着,刚刚的兴奋和高兴此刻变成了委屈和难过,她想到了爸爸,她一个人跑到外面,一边跑,一边哭,她想爸爸了,她知道如果爸爸在一定会好好夸她一夸,大苗都知道爸爸会说些什么,他一定会说:"我的小公主,我就知道我的小公主是最棒的,谁都没有我家小公主聪明。"是的,爸爸不会说别人家的小孩好,爸爸不会拿自己和别人比,爸爸永远觉得她是最好的,可是爸爸不在了,爸爸能看到她吗?大苗哭着,跑着,她知道爸爸不会回来,她还是得一个人坚强。

虽然妈妈总是拿花蕊和自己比,但大苗并没有讨厌花蕊。在学校的时候,她们还是好同学,花蕊对谁都很友好，有时候她还会主动过来和大苗讨论题目，大苗也很乐意，她不会因为妈妈的那些话就去讨厌花蕊，这样显得自己太小气了。

直到那一次，大苗开始讨厌妈妈，讨厌花蕊。

那天星期六，马婕买了些菜，说等会有客人来家里吃饭，然后就进厨房准备中饭了，大苗有些好奇，会是谁来呢，家里从来都不会来人啊。但是大苗隐约感觉到了些什么，现在她还不敢下结论。

马程才马上也到了要上一年级的时候了。他脑子倒是很聪明，就是好像不爱学习，马婕给他买的书他碰也不碰，马婕却还是一本一本给他买，她想着说不定哪天他就爱看了。

那天，马程才又一个人跑到街上去了。

马婕一看马程才又不见了，赶紧让大苗去找。大苗是在一家饭店门口看到弟弟的，他正贴着玻璃窗，看着什么，大苗上前喊，马程才才回头拉着大苗一起回家去，大苗瞥了一眼那饭店，看到里面有一家人正围着桌子吃着饭，大苗鼻子一酸，他想弟弟也是想爸爸了吧，

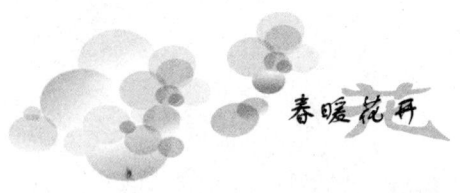

春暖花开

她们现在都成了没有爸爸的孩子了,大苗紧紧拉着弟弟的手,一起走回家。

刚到家不久,就有人敲门了,马程才马上跑着去开门。

门开了,一个男人站在门口,中等身高,西装革履,头发像刚出土的小草,冒着一点头,他戴了一副银边眼镜,这样子看上去,既不斯文也不粗俗。在他旁边,还站着一个小女孩,像白雪公主一样,那不是花蕊吗。

听见外面的动静,马婕赶紧出来,这下可大变样了,和早上灰头土脸的样子完全不一样了。马婕一打扮起来其实是很漂亮的,只是这些年这个家把她的光芒给遮了过去。现在,突然就光鲜亮丽起来,但走近点,却可以看到那涂了过多粉底的痕迹,厚厚的一层,盖住了她的那些皱纹,也盖去了她脸上所有的瑕疵,好像她本是这么的完美,可是把脸和脖子连到了一起,就露出了马脚,那分明是属于两个人的,她大概不知道她的脖子给她漏了馅,但她那脸也真是白了,白得像医院里的一堵墙，让人透不过气。好在她穿了一条大花长裙，裙摆随着她的走动而来回飘动，让人感觉她还是活着的。

　　大苗看看马婕，看看那个陌生的男人，想到平日里马婕时不时提到的花蕊，大苗全都明白了。那些平日里的委屈和对爸爸的思念此时都让大苗不能原谅妈妈，她看着那个男人，他居然想取代爸爸的位置，他怎么能和爸爸比。妈妈为什么要这样做，爸爸离开我们还没有多久，妈妈就把爸爸忘记了，妈妈现在要和这个男人在一起了，他们会结婚吧，这个男人会住到我们家，或者妈妈会让我们都搬到他家里去，花蕊会变成她的妹妹，大苗想着这一切，她不敢想，她恨他们，他们居然全都把爸爸忘记了，爸爸在天上看着该有多难过啊，大苗想着现在只有她和弟弟还想念着爸爸，想到这里，大苗心里又是一阵心酸。

　　吃饭的时候，大苗什么也吃不进去，一直盯着那个男人看，妈妈注意到了，用脚碰了她好几下还朝她使眼色，大苗假装没看见，大苗不喜欢这个男人。

　　吃过饭，马婕让大苗带着弟弟和花蕊一起去看电

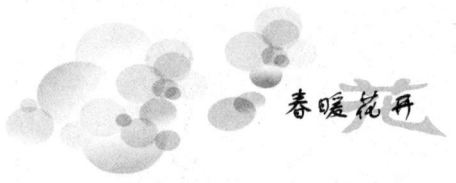

影,大苗心里不乐意,但还是去了。

午后的太阳火辣辣的,马路上静悄悄的没有一点声音,只有被太阳烤得快冒烟的马路发出嗞嗞嗞的声音,还有那没完没了的知了扯破了嗓子为太阳呐喊助威。一切都显得那么无精打采,只有马程才像只快乐的小鸟活蹦乱跳的,大苗看着他心想他还小还不懂。

一路上,花蕊好几次都想和大苗讲话,却被大苗板着的脸给吓的把话咽了回去。

没走多久,就要到电影院了,大苗叫住了走在前面的马程才,她让他去小店买点吃的,马程才歪着头说为什么不一起去,大苗说你一个人去就能都买你爱吃的了,一听到这马程才就兴冲冲地跑去了。

大苗望着马程才跑跳的背影,冷冷地对花蕊说:"跟我来。"

大苗说完就朝一条小弄堂走去,她没有往后看,她知道花蕊跟在她后面。不知道为什么,她走得很快,她从来没有走路这么快,她明明就听见后面的脚步已经小跑起来,她想花蕊现在一定低着头,吃力地跟在她后面。突然,她停下来了,由于惯性作用后面的花蕊一头撞上了她,她转过身,看到花蕊往后跟跄了几步,接着站稳了,头果然是低着的。

弄堂很窄小,太阳却还是直直射了进来,墙角的石头上长满了绿绿的苔藓,毛茸茸的一层。周围人家的窗户都关得死死的,让人透不过气来。大苗和花蕊都因为快走而有点喘气,她们好像都刻意克制住一样,但还是能听到她们此起彼伏的呼吸声,就这样,她们对峙着,站在烈日下,谁也没有开口。太阳并没有要让步的样子,好像可以听到时间一秒一秒地过去。

终于,大苗还是什么也没说,然后走上一步甩了花蕊一巴掌。

那一巴掌大苗是用了力气的,她是把自己心里的气全部给使了出来。她明明就听到了那一声响亮的声音,她的手和花蕊脸蛋相接触的一瞬间发出的声音,在那个小弄堂里还回荡了几下,那声音响得震痛了她的耳朵,也刺痛了她的心。

但是一打完大苗就后悔了,她也不知道自己是怎

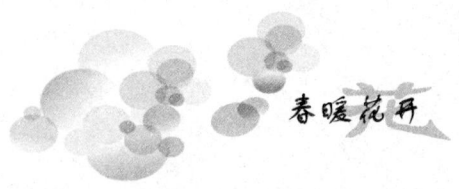

了，自己居然甩了花蕊一巴掌，她看着自己火辣辣的右手和花蕊红彤彤的左脸，整个人也懵了。她手足无措，她不知道此时此刻该说些什么，说对不起吗？她说不出口。

来到电影院门口的时候，马程才抱了一大堆吃的只露出两只圆圆的眼睛，泪水充盈着整个眼睛快要溢出来，强忍着却在看到大苗她们的那一刻掉了下来，然后他开始一边哭一边控诉着，"你们跑哪去了，害我一个人，你们怎么可以走掉。"大苗帮他擦掉眼泪，什么也没说，就进去买票看电影了。进去的时候，电影已经开始了，人稀稀拉拉地坐着。她们选了靠中间的位子，在她们的身后就放着两架放映机，两束光从机器前射出，无数灰尘在里面飞舞，清晰可见。除了影片中机关枪炮弹的轰炸声，各种小声音也从影院各个角落传来，"嗡嗡嗡"的像苍蝇一样烦人，头上的吊扇也"哗哗哗"地吹着，大苗觉得头昏脑涨，脑子里只是不断闪过她甩花蕊的那一幕，像一部电影，不断在她脑子里回放着，以至于面前正在放着的电影像是一块白布，她只想快点离开这个又吵又闷的鬼地方。

　　一出放映室，强烈的阳光刺得人眼睛都睁不开，只能不停地眨眼，还没等大苗缓过神来，花蕊就说自己要早点回去先走了，她走得很匆忙，都没来得及说再见。

　　大苗其实很想拉住花蕊的，就像刚刚在弄堂里一样，她想说对不起的，可是没有说出口，她不但没有说出口，她还自己先哭了起来，开始无声地掉眼泪，后来渐渐控制不住慢慢啜泣起来。花蕊倒是表现得异常坚强，她的脸正火辣辣地疼，像抹了无数的辣椒油，阳光下分明清清楚楚印了一个红色的巴掌，在她那白嫩的小脸上显得是那么的突兀，她不但没哭，也没有用手去捂住脸，而是拉住大苗的手安慰起大苗，她说："大苗，我知道你心里不开心，我知道你爸爸的事情，换作是我，我一定会和你一样。"

　　后来，花蕊的爸爸再也没有来过，花蕊也在下个学期转学了，同学们都感到惋惜，大苗没有去和她道别，她想，她应该能懂的。马婕也再没有带别的男的回家，其实她那么做，都是为了大苗和马程才，马婕能理解孩

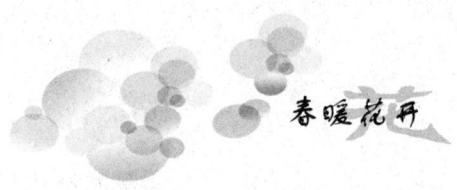

子们,她已经决定就一个人把这两个孩子拉扯大了,不管过程是怎么样的,她希望自己都能应付过来,她也必须应付过来。

13

大苗上初中了,学校离家比较远,马婕一边要工作,一边还要接送马程才,所以没有时间管大苗了,大苗只能住在学校里了。

新的学校,新的同学和老师,大苗已经不像从前那样害怕了,有时候她觉得自己一个人也挺好的,但是在新学校,大家都很友好,大苗很喜欢在这里读书。

刚开学的时候正是热的时候,夏天还没有过去,晚上睡觉的时候总是不停地出汗,宿舍里的几个女孩也都毫无睡意,只能拿着小扇子不停地扇。有几次热的实在受不了了,她们就都爬起来,走到阳台上,外面可真比里面凉快多了,里面即使开了窗,那风也吹不进来。她们几个趴在阳台上,看着天上的星星,说着话。

"你们以后想做什么呀?"一个高个子的女孩说。

"我想做一个歌星。"一个脸蛋肥嘟嘟的女孩说道。

"就你还想做歌星呀,唱歌都是五音不全的。"高个子女孩跟她开玩笑。

"那你倒是说说看你想干吗?"肥嘟嘟女孩反驳她。

"我想做一名运动员,参加奥运会拿金牌,然后站在领奖台上看着中国国旗升起。"

"你这才是做梦吧,每次800米都不及格还当运动员。"肥嘟嘟女孩说道。

"我可以去跳远,或者跳高也行,反正项目那么多。总有一样我可以的。"

"元大苗,你想干吗啊?"

"对啊,你以后想干什么呢?"

"我,我想我会做一个医生吧。"大苗看着远方说道。

"医生是要碰死人的啊,多恐怖啊。"肥嘟嘟女孩作出惊恐状。

"死人有什么好怕的,死人又不是坏人,他们只不

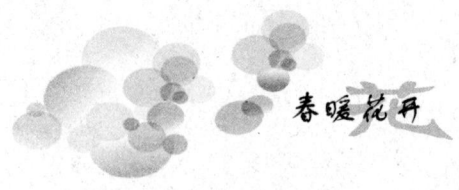

过是死了而已,没有什么可怕的。"大苗平静地说道。

　　大苗以前从来没有好好想过自己以后要干什么,小时候她想过当一个画家,当一个警察,当一个图书管理员,这些理想维持的时间都没有很长。直到现在她们问了她,她才发现她已经知道自己要干什么了,这个理想应该一直就种在了她的心里,在元天石离开她之后,它在那里发了芽,生了根,之前大苗没有发现它,但它一直都在那里。

　　突然,下面照来一束手电筒的光,保安大叔在下面叫道:"谁在阳台上?"

　　几个女孩吓得赶紧弓着腰回宿舍去了。

　　期中考试后,马婕给大苗一本笔记本,那是当年马婕和元天石谈恋爱的时候元天石送给她的,马婕说她一直没什么地方可以用,现在就送给你吧,你爸爸也最疼你了。大苗接过笔记本,这是本硬纸板封面的笔记本,说不上精致,里面的纸也在边角处有些泛黄,但它却还是崭新的,因为除了扉页上的那一行字,那一看就是爸爸的笔迹,大苗用手抚摸着,仿佛那早已干了的墨水上还残留着爸爸的味道。

大苗决定就把它当成爸爸。

4月25日　星期一　天气晴转多云

爸爸：

上个星期三到星期五进行了其中考试，我心情很低落，因为成绩不理想，心里很不舒服。这次差不多每门功课都不是很好，数学才91，连陈小小也要94，我心里有点不平衡。不过，我还是自我安慰一下我自己，试卷其实很简单，我错了一道计算题，就要4分啊。这次回家，本来以为妈妈会说我几句的，可是妈妈什么也没说，我倒是希望妈妈说我几句，妈妈好像从来不那么在乎，她只关心弟弟，算了。

再说一说开心的事吧，妈妈给了我一本笔记本，就是我现在写着的这本，这是当年爸爸给妈妈的，上面还有爸爸写的字，我好喜欢，爸爸在该多好啊。现在我用这个本子写日记。

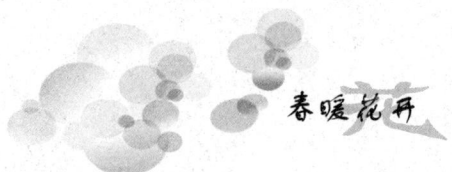

4月26日　星期二　天气晴

爸爸：

今天体育课上测了立定跳远，我跳了1.70米，没得满分，有点遗憾，老师说我太瘦了，让我多吃点。

听说明天、后天要有大型的开课活动，我们是后天的语文。星期五晚上大概还要开家长会，不知道妈妈会不会来，要是你在就好了，你一定很乐意来的。星期六在上一天课就放假了，五一长假，大家都很开心。

4月28日　星期四　天气晴

爸爸：

今天听课还好，不过我还是没有勇气举手。下课了在走廊里我好像看到了顽固爷爷，可是我不确定是不是他，我想他不是应该待在小书店里的，哎，好久都没有见到顽固爷爷了，不知道他还好不好。明天要开家长会了，老师应该都通知家长了，但愿妈妈会来。

4月29日　星期五　天气小雨

爸爸：

妈妈今天没有来，我想是因为下雨了吧，妈妈过来也挺不方便的，但是大部分同学的家长都来了，希望妈妈下次能来。不过回家还是很开心的，明天上完两节课就放假了，耶！

5月3日　星期二　天气晴

爸爸：

今天，妈妈带着我和弟弟去买衣服。先去给弟弟买鞋子，弟弟看中一双奥特曼的鞋子，要80块钱，妈妈爽快地付了钱。接着，我看中了一件短袖，一看价格是50多元，妈妈却说贵，但最后还是买下了，可我心里很不是滋味，一样是妈妈的孩子，我却总是没有弟弟那么让妈妈喜欢，我总是努力做到最好，只想让妈妈更喜欢我一点。爸爸，我想你。

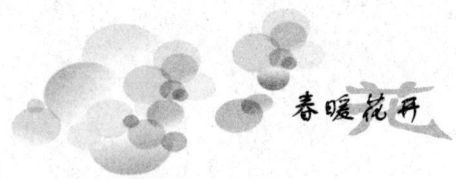

5月5日 星期四 天气阴

爸爸：

今天晚上，我和妈妈闹矛盾了，我也不想的。

我学习上很用功的，可是妈妈看不到，她只看到我看一些小说。这几天在看《水浒》，妈妈不是很赞同，她让我看得快一点，可是《水浒》是四大名著，而且看《水浒》也是老师布置的家庭作业之一，500多页，那么厚，我也不可能马上就看完的。妈妈为什么一点也不理解我。哎，不写了，做作业了。

6月4日 星期六 天气晴

爸爸：

今天是周末，回到家，我和妈妈说着一些学校的事情，妈妈似乎一点也不感兴趣，我也不知道为什么，妈妈不是不喜欢听，她就一直去问弟弟今天学校里怎么样了啊。我又想你了，你在的话一定会很乐意听我说的，讲到好玩的地方，你还会哈哈大笑。

8月12日　星期五　天气阴

爸爸：

今天这个日子，我非常非常想念你，我相信你一定现在在天上看着我，我会好好活下去的，爸爸，我将来会当一名医生，你喜欢吗？

爸爸，我想你。

8月31日　星期三　天气晴

爸爸：

又要开学了，一个暑假下来我长高了很多呢，就是还是很瘦，弟弟倒是一直白白胖胖的，像妈妈。对了，今天我把储蓄罐拿了出来，里面都装满了，我数了一下有五百多块钱呢，真是好高兴，小时候你给我做储蓄罐的场景我现在还记得很清楚，那时候爸爸你在我心目中是那么的伟大，当然现在也还是那么伟大。

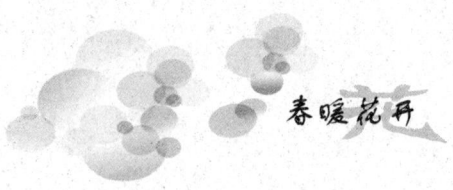

这些钱现在我还没有想好要用来干吗，小时候我说要买大书架，要在上面放很多书，虽然现在没有大书架，但是书已经有很多了，我觉得读书真是一件快乐的事情，可以让你忘记现实世界的一些东西，最重要的是还增长了见识，你说是吧。

1月18日　星期三　天气晴

爸爸：

好久没写啦，我们放寒假啦。

今天我又去了小学，看望了顽固爷爷，他还是老样子，隔壁的理发店关掉了，大家都不去那边理发了，现在那儿也成了顽固爷爷的地方了，书比原来多了好多呢，去看书借书的人也比以前多呢，顽固爷爷看到我去很高兴，问我这问我那，他还推荐了两本书给我看呢。他让我没事多去去，我说好的。

1月23日　星期一　天气晴

爸爸：

你猜今天谁回来了，姐姐回来了，而且还带了姐夫一起回来。姐夫对姐姐很好，姐姐拎个水他也要抢着给姐姐拎，我们看着都笑，姐姐也笑，姐姐看上去很幸福，我很高兴。爸爸你看到了一定也会非常高兴的。姐姐说他们准备今年5月份就结婚呢，还说马上就要生个小宝宝，我从来没有看到姐姐这么高兴过，我想结婚一定是一件特别美好特别幸福的事吧，这样就能组成一个家庭，完整的家庭。

1月27日　星期五　天气晴

爸爸：

今天又是大年夜了，这一年我们过得都挺好，只是少了你。

和往常一样，这一天很忙碌，忙着准备年货，现在

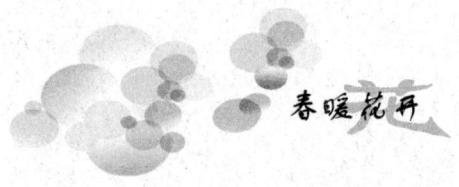

原先你做的那些活都由姐夫在做,今年姐姐还带回来烟火,弟弟高兴坏了,今年我们终于可以看自己放的烟火了,但是好像真的如妈妈所说,脖子很酸呢。

现在我正坐在灶前,烧着火,妈妈正在蒸糕,今年我们蒸得是红枣糕,红枣也是姐姐带回来的。现在都能闻见香味了。你要是在就好了,就能和我一起烧火了,我会陪你讲话。

明天就是新的一年了,但愿一切都好。

最后祝爸爸新年快乐。

2月10日　星期五　天气阴

爸爸:

今天天气阴阴的,我的心情也是阴阴的。我不知道该高兴还是不高兴,虽然有点不好意思,我还是想告诉你,我已经长大了,妈妈是这么说的。我想你应该知道的,但是我怎么也高兴不起来,我也不知道,感觉怪怪的,可能以后会好吧。

5月2日　星期二　天气晴

爸爸：

明天姐姐就要结婚了，今天她和我一起睡，我们已经好久没有一起睡了，真怀念小时候啊。姐姐说今天晚上她肯定睡不着了呢，她要和我讲一晚上的话，从我们小时候一直讲，讲到现在，讲到未来，但是我怕讲到爸爸你的时候我们都会哭，我们肯定都会哭的，爸爸，还是好想你。

5月5日　星期六　天气晴

爸爸：

居然已经一年没写了，上了初三以后就很忙了，但是我一直想着爸爸你的。

马上就要中考了，我有一点点的紧张，但是妈妈说不用紧张，可是这么重要的考试紧张也是在所难免的吧。

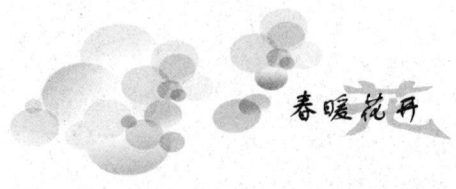

现在同学们都开始写同学录了,大家都知道要分别了,以后见面的机会肯定是很少了,大家都有一点点的伤感。

反正好好加油吧!

7月20日　星期五　天气雨

爸爸:

放假已经一个月了,我考上了市里最好的高中,妈妈没有多说什么,但是我知道她很高兴。以前我没有注意,最近才发现妈妈老了许多,白头发也长了好几根了,妈妈其实为了我们操了很多心的。但妈妈喜欢弟弟,这个我还是知道的,可是弟弟总是让妈妈伤心,他可能是不爱学习吧,或许他现在还小,不懂事吧,希望他快点懂事,别让妈妈伤心了。

对了,上个星期我去参加了军训,一共五天,我们每天像军人一样,真的很辛苦但很有意义。我们的那个教官很搞笑,他说"稍息","立正","稍息","立正"……突然，来了个"哼"，我们就都稍息了，哈哈哈。我们还徒步走到长江边上，那是我第二次去那里。知道要走着去长江边的时候，同学们都张着嘴巴表示抗议，只有我一个人很兴奋，他们不知道那里对我的意义，我一辈子也不会忘记的。一路上太阳很大，大家都走得有点气喘吁吁的，有几个同学还晕倒了，我也很累，但我想着爸爸我就一点也不累了，我想快点走到长江边，看一看长江。长江还是那样，白茫茫的无边无际，我像几年前一样蹲在那里，没一会教官就过来让我去到树阴下，回去以后，我感觉自己中暑了，但第二天就好了。

我现在又期待新学期的到来了，为了我的理想努力了。

14

日记本来还该继续的，却在大苗上高中之前不翼而飞了。在把整个家翻了几遍之后都没有找到之后大

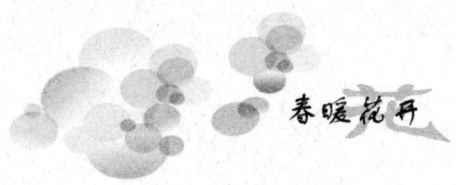

苗自责地哭了起来,在她看来,那本笔记本就像是爸爸,现在本子丢了,她觉得就像是她把爸爸给丢了,她自己关在房间里哭了好久好久,最后马婕过来安慰她,她说爸爸不会怪你的。

大苗知道爸爸不会怪自己,但是她怪她自己。

大苗要出去上高中的时候,也当上了姨姨。

元亦文打电话回来了。

"喂。"电话是大苗接的。

"大苗吗?"

"姐姐啊。"

"嗯,你当姨姨了哟。"

"真的吗?"大苗激动地说。

"嗯,这还能假呀,孩子名字也取好了,是个女孩。"

"我喜欢女孩的。"大苗笑着说。

"我也是呢,妈妈不在家吗?"元亦文问。

"嗯,不在呢,晚上回来呢,晚上我告诉她这个好消息的。"

"嗯，什么时候开学啊?"

"快了，9月1号报到。"

"到了新学校要好好和同学相处，好好念书，知道吗?"

"知道的了。"

"嗯，那不说了，电话费还挺贵的呢，今年春节我还回来跟你们一起过。"

"好的，那再见了。"

"嗯，再见。"

听到"嘟嘟嘟"的声音大苗才放下了电话。

接下来几天，她一直很激动，不知道是激动自己当姨姨了，还是马上就要开学了。正当大苗等待着开学，马婕病倒了。

那天，马婕下班回来正在厨房准备晚饭，大苗在一旁帮着打下手。马婕当时正切着土豆，大苗背对着她在剥毛豆，突然，大苗听到地上砰的一声，回头一看马婕倒在了地上，大苗吓坏了，她赶紧去打120，拨电话的时候手抖得不行，电话总算打通了，打完电话大苗按照

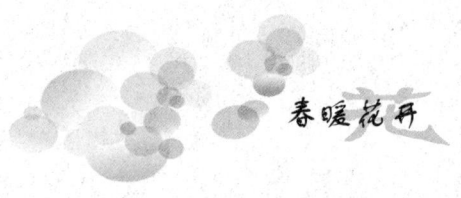

医生的嘱咐什么也不敢动,她害怕急了,弟弟也害怕急了,他一边哭一边拉着大苗问:"怎么办,姐姐,妈妈要是死了我们怎么办啊。"

大苗怒狠狠地瞪了马程才一眼:"别胡说,妈妈不会有事的。"但是大苗嘴上这么说,心里却和马程才一样担心,她心疼地看着倒在地上的妈妈,这几年妈妈真的是一下子老了好多,皱纹多了,头发白了,眼睛下面也是深深的眼袋和黑眼圈。这些年妈妈一个人这么辛苦地把我们带大,大苗此时此刻不再计较妈妈更爱弟弟,她只是希望妈妈快点好起来,救护车你倒是快点来呀。大苗盯着墙壁上的钟,她从来没有发现时间一秒一秒过去得是如此慢,等待的每一秒都是煎熬。

终于,救护车来了,又是一群穿白大褂的人冲进来,一个拿着听筒在妈妈身上听来听去,一个拿着手电筒照了照妈妈的眼睛,然后用担架把妈妈抬上了车,大苗的记忆又回到了几年前。

几年前也是这样,一群人把爸爸抬走了,大苗不敢想下去了,她痛苦地跪在了地上,眼泪啪嗒啪嗒地往下掉。这时,一个医生又冲进来,"你爸爸在家吗?"

大苗摇了摇头。

"没有其他大人了吗?"医生又问。

大苗又摇了摇头。

"那你快点上车。"医生朝着大苗喊。

大苗跟跟跄跄爬起来,拉着马程才跑到车上,门都忘记关上。

在救护车里,大苗和马程才坐在一个角落里,大苗眼睛一眨不眨地盯着妈妈,看着医生给她戴上了氧气罩接上了管子。马程才在大苗怀里,一动不动,他已经被吓坏了。

大苗很想问问医生妈妈的情况,可是她不敢,她不敢问,她怕她问了医生会告诉她你妈妈病得很重,她害怕,她犹豫着,心揪得难受极了。她想到了元亦文,想到了爸爸,她求上天一定要保佑妈妈,只要妈妈没事,让她做什么都行。

医生大概是看到了蜷在角落里的那两个孩子,说道:"别担心,你们妈妈没什么大碍的,就是太劳累

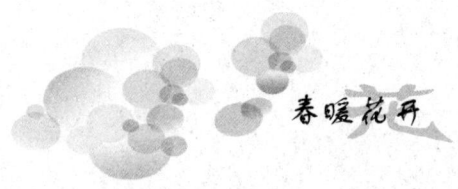

了,等去医院挂几瓶盐水回家好好休息几天就没事了。"

医生的话一说,像是给他们打了一剂镇静剂,大苗悬着的心也终于稍稍放下了,但她始终不敢放下一点松懈,她要等到妈妈完完全全康复了才能安心。

马婕挂了整整一个晚上的水,不停地上厕所,大苗也是一个晚上没睡,护士跟她说她妈妈她们会看着的,不用担心的,让她去休息会,大苗不说好,也不说不好,就是坐在马婕身边一动不动。大苗不能让妈妈离开她的视线。

第二天,马婕似乎精神好多了,看到自己的两个孩子都在身边,马婕感动得眼眶红红的。早上看了一眼费用清单,马婕执意要回家了,她说自己在家休息几天就行了,待医院里自己也憋得难受。大苗跟医生确定了无数遍她妈妈是不是没什么大碍,直到医生不耐烦地把她赶走了,大苗才同意妈妈回家。

回到家的时候,看到家门大敞着,三个人都呆了,她们赶紧冲进去检查东西,还好似乎没有什么东西少了,但马婕还是说了大苗。

"你怎么连门都忘记关了，要是人家把东西全拿走了怎么办。"

"当时你晕倒了，我很着急。"

"着急有什么用，该做的还是得做，你这样子以后到了社会上可怎么办，碰到点事情就丢三落四的。"

大苗没有再说什么，低着头，她想再说点什么的，可是不知道该说什么，她心里特别的委屈，她想着妈妈为什么要这样，自己这么担心妈妈，到头来却还是被妈妈骂，虽然自己没有关门是自己不对，可是妈妈也应该要考虑到当时的情况，当时她晕倒了，也不知道病情严不严重，当时她自己就已经完全傻掉了，爸爸的事情好像就在眼前……为什么妈妈不能站在她的立场为她想一想，她也只是个孩子，为什么妈妈总是对自己这么苛刻，她的成绩她的优点妈妈即使看到了，也只是很平静地说一声"哦"，好像那些是她本就该得到的，一旦她不好了，她失败了，她做错事了，妈妈就会在这个时候狠狠挖苦自己一番，可是她对弟弟就完全不是这样，有时候真的怀疑自己是不是妈妈亲生的孩子。大苗的眼泪

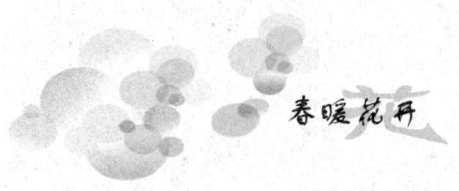

就快要掉下来了,她一边说着"我知道了",一边转身回自己房间了。

大苗把自己一个人关在房间里,看着镜子里的自己,觉得自己好小好可怜,乱糟糟的头发,黑黑瘦瘦的,眼睛又红又肿,她看着自己,然后默默地掉眼泪,看着眼泪水在眼眶里打转,然后掉下来,开始是一滴一滴,接着慢慢流成一条线,她用衣服擦着眼泪和鼻涕,想着自己总有一天一定要让妈妈觉得她才是最好的。

马婕也觉得自己刚刚讲话有点重了,孩子毕竟是担心她啊,但是话已经讲出口,也收不回来了。她知道以后大苗要面对的远比她的这些话更让她委屈难过的事很多,所以这就算当做是对她的锻炼,让她以后面对那些事情的时候能更坚强,不会那么轻易地被打倒。

接下来的几天,大苗每天一早就起床,洗衣服,买菜做饭,一刻不停地忙到中午,她现在体会到了妈妈的辛苦,这些事情本来都是由马婕来做的,这么多年自己是多么的幸福,每天早上起来就能吃到妈妈做的早饭。自己没有做过就永远无法体会到,妈妈从来不会说累,一次也没有说过，妈妈在他们面前总是像一个女超人，好像永远那么有精神，但是女超人这次病倒了，说明她不是女超人，她不过是一个普通的女人，普通的妈妈，而且她比其他的女人要承担的更多。大苗突然想起来，妈妈也一直是一个人啊，妈妈一定很孤单，很寂寞，她怎么没有想到妈妈也会孤单呢，她后悔当初拆散她和花蕊的爸爸，她现在有点后悔了。

大苗开学了，马婕的身体也基本恢复了。这几天看到大苗似乎已经长大了，马婕心里也是高兴的，大苗走之前，马婕就说了一句话——好好读书。

大苗觉得妈妈还是关心她的，眼泪又不争气地掉了下来，马婕看到女儿要到比较远的地方去读书了，心里也是舍不得，自己又说不出什么肉麻的话，只是说"别哭了，都几岁了，还老是哭鼻子，怎么给弟弟做榜样啊"。

大苗抬起头，把眼泪擦干，说了声"我走了，妈妈，你自己要当心点。"

"知道了，快走吧。"马婕朝她挥挥手就进屋子了，

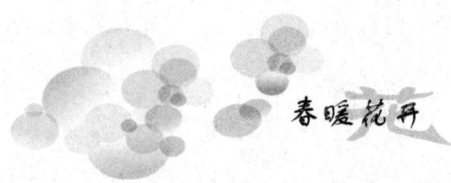

她是不想让大苗看到自己的眼泪，她知道大苗感觉到自己没有爱马程才那么爱她，她知道大苗这孩子要强，心里有委屈也不愿说出来，总是自己藏着，憋着，忍着。人总是这样，喜欢偏向于比较弱的一方，大苗要强，她知道大苗这样成长起来会更好，这些经历能让她更坚强，只有你的内心足够坚强了，你才不至于那么快被打倒，生活是谁也说不准的，你永远不知道将会发生些什么，所以你只有磨炼自己，让自己更强。马婕就是这么做的，大苗是她的女儿，就应该像她一样。

到了高中的第一天，大苗就看到了花蕊，她一眼就认出了她，她还是那么白那么好看，在人群中是那么显眼。显然花蕊也看到了大苗，她很自然的和她打了招呼，互相询问了班级，发现她们居然又成了同学。

那天把东西安顿好之后，花蕊邀请大苗一起逛逛学校，好先熟悉一下环境，大苗很乐意地答应了，在新学校能有一个认识的人感觉就好多了。

学校看起来比之前的都要大很多，光宿舍楼就有好几幢，大苗这次住在5楼，大苗是第一次住这么高，站在阳台上往下看的时候大苗觉得自己的腿有点儿软,她想自己应该是有恐高症吧,她想恐高症应该也算是一种病吧,不知道影不影响她当一个医生。花蕊就住在大苗的隔壁,看到大苗在阳台上发呆,就说要不要一起下去走走。

她们一起下了楼,楼下就是食堂,食堂是一个圆形的三层建筑,大苗从外面远远望见里面空荡荡的没有一个人,放着的桌子椅子都是圆形的,大苗觉得这样吃饭一定很有意思。走过食堂,她们走到了一座小桥上,桥下面是一条小河,里面飘满了荷叶,这条小河从东到西贯穿整个学校,现在她们俩就准备沿着这条小河走。

"这几年你还好吧?"花蕊问道。

"嗯,你呢。"

"就这样吧。"

过了好久,花蕊才又开口,"那时候你打我真的好痛哦。"

大苗看着花蕊,不知道说什么好,倒是花蕊乐了,笑着说:"我开玩笑的啦,看你那样子。"

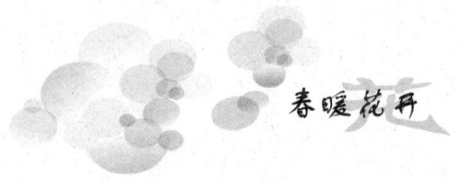

大苗才反应过来，尴尬地笑笑。

花蕊继续说："其实你知道吗，那时候我跟你一样，也特别讨厌爸爸再找别的女人，你可能不知道，那时候我可讨厌你了，还有你妈妈。"

"你讨厌吗？"

"是啊，那时候是的，你也讨厌我吧，你肯定也讨厌我，要不你也不会打我呀。"

"我不是真的讨厌你。"

"我知道，我也不是真的讨厌你，怎么说呢。那时候我爸爸认识你妈妈之后，我爸爸就一直会说到你，说你懂事乖巧成绩好，每当我爸爸这么说的时候，我心里就特别难受，特别讨厌你，但你知道那其实也不是真的讨厌。"

"我知道的。"大苗没有想到原来当时自己的那些委屈和难过花蕊也一样有，她们彼此讨厌着对方，因为父母，因为自尊心，那时候她们不会知道原来自己在别人眼里也是可以那么好，好到让人嫉妒。

"那天你打了我，我其实很高兴，因为我知道你也反对他们在一起,突然我就觉得我们其实是一样的,我们是站在一条船上的,回家以后我就和我爸说:"如果你非要和元大苗的妈妈在一起的话,我就再也不是你的女儿了。"

"啊,你爸爸同意了啊。"

"废话呀,不同意我还叫他爸爸啊。"

"我妈妈也是,我妈妈之后知道我们不喜欢她再给我们找一个爸爸,就再也没找过了。"

"你妈妈再没找过啊。"

"没有。"

"那不是蛮好的吗。"

"以前是觉得蛮好,那时候她和你爸爸交往的时候,我觉得她那么做怎么对得起爸爸,爸爸过世还不是很久,我觉得她太自私了,就想着自己。后来妈妈没再找了,我觉得挺好的,直到前些日子妈妈累得晕倒在厨房里,我才觉得一直是我们太自私了。妈妈一个人要抚养我和弟弟两个人,真的是很辛苦,可是她从来不说苦不说累,我甚至都没有看见她哭。现在我明白了妈妈的坚强

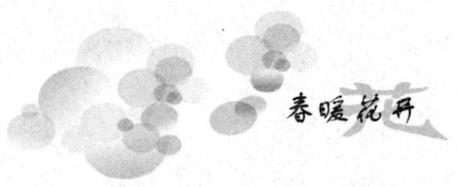

都是生活给逼出来的，而且现在想想妈妈那样做也都是为了我们，为了我们能生活得更好，可是那时候我不懂。"

"你说得也是。"

"等过几年我弟弟也出去念书了，那家里就只剩下妈妈一个人了，她该多孤独啊，每天一个人吃饭，一个人生活，房子里空空荡荡的，一个人也没有，没有说话的人，想吵个架都找不着人。"

"你说的是有道理，但是有时候我不希望爸爸再找，也是因为我觉得那些女的都不好，他们都不是真的想和爸爸过日子的，说穿了，还不都是看中他的钱。"

"真的啊？"

"真的啊，你以为呢，在你妈妈之前我爸爸谈了一个就是这样的，刚开始的时候对我还挺热乎的，后来就光找着我爸要钱，还在我爸面前说我坏话，还好我爸最后也觉得她不怎么样，就想要分手，可那女的死活不肯，又哭又闹，说什么要么给她10万，不然她就去死。"

"那让她去死好了,她难道还真的去死啊。"

"我也是这么说的,可是我爸他胆小啊,想还是把钱给了吧,省的麻烦。"

"你爸还真是老实啊。"

"老实有什么用,老实吃亏啊,说什么傻子有傻福那都是骗人的,傻子还能有福,那大家都去当傻子了,多简单多容易啊。"

"那后来呢?"

"后来那女的拿了钱走人了呀,所以我就特别反感我爸再找。"

"我妈不是那样的女人。"

"我当时不知道啊,要不这样,你看,我爸你妈现在都一个人,要不我们都回去说说,让他们在一起得了,还做个伴呢。"

"好,等回去我和我妈说说。"

春暖花开

15

几个礼拜很快就过去了,大苗也渐渐适应了高中快节奏的生活,每天上课下课宿舍食堂教室来回跑,老师也恨不得能 24 小时盯着你催着你,似乎很难找出一点空闲的。只有到了周六节奏才慢下来。

星期六下午两节课后算正式进入了周末,相比其他一些高中,这种待遇算是好的不能再好了,况且同学们心里都很清楚,下课铃响了,也就意味着,从现在起到星期天晚自习以前,他们是一群被散放的羊,他们的牧人也回家了。于是,星期六的晚自习,大家像过节般的期待,辛苦了一个礼拜好像不是为了以后的高考,而是为了换来这个短短的假期。大家都好像说好了似的,铃声响了才一个个慢悠悠地踏进教室,进来了也不急着找位子坐好,聚得一堆一堆开始聊起天来。窗帘被拉上,门也被关上,瓜子倒在桌上像一座座小土堆,原本用来播放新闻联播的电视此刻也正叽里呱啦的传来不知哪位流行歌手的炙手可热的歌曲，依稀还能听到某个角落里传来的五音不全的哼唱。几个女生拿着一大摞的《男生女生》、《新蕾》这类书看得十分入迷，她们自己俨然已经成了小说里漂亮可爱的女主角，当然像《青年文摘》、《读者》这类杂志也是颇受欢迎的，男生们则是低着头打着游戏，专心致志，要不然就是塞着耳机在凳子上四仰八叉地躺了下来，闭着眼睛，还真是惬意。当然这样的舒服还必须有一个人来做通风报信的人，毕竟在这么一所全市最好的高中里常规制度还是很严格的，那么就非常有必要由一个人来给他们望风。班级里现在已经成了一个封闭的小天地，外面很冷，里面却很热，空调还哗哗的吹着热风出来，大家都脸蛋红彤彤，像是害羞的姑娘，不过没有扭扭捏捏，大家都笑得肆无忌惮，有时候突然都默契地安静了下来，不约而同，停了大概那么几秒后，发现只是虚惊一场，于是哄的一声，又恢复了吵闹。

在这样一个晚上，没有一个人拿着课本做作业的，即使那些学习用功成绩前茅的学生，即使原本想好要看

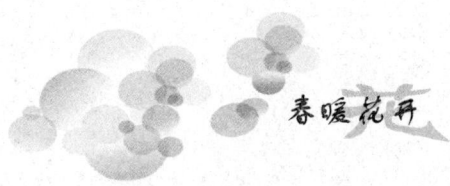

书做作业的同学也会在翻开书后不到一分钟就改变了主意,合上书的那一刻你可能还能看到他或者她轻轻叹了口气,好像在安慰自己,明天再说吧。

可是今天,这些似乎已经不能满足这些少年向往自由的心了,平时几个不安分分子簇拥在一起正商量谋划着什么,好像一场阴谋即将开始的前奏。他们之间有的斗过嘴,有的打过架,有的甚至绝交过,可是此时此刻,他们眼中流露出来的完全是同一种信仰,他们的精神是一体的,他们仿佛已经变成了一个人,所有的都是一气呵成。他们中的一个是这个团体的中心,充当了一根轴的作用,把所有人都联系起来,他深知自己是如此关键,一旦他的意志发生动摇甚至有那么一点点的苗头,整个团体将会突然失去中心的力量,随即会朝着各自原来的方向,这就是离心运动吧,大苗心里想着。

大苗就在他们隔壁一张桌子坐着,桌上摊着一本外国小说,但她没有在看,而是在听他们谈论。

"哎,生哥,那我们等会走哪条路啊?"脸上长了一脸青春痘的小刘着急地问道,生哥就是那个小团体的中心人物。

"路呢，倒是有两条，一条安全，但不好走，一条危险，但好走。"

"哪两条？"小刘硬是把他的头往生哥那边靠了点，那样子不像是假装讨好却也让人生出一些不舒服，他脸上的那些痘痘也好像因为过度兴奋而成熟的异常迅速，一个个好像都迫不及待要破壳而出，在日光灯的照射下就显得格外剔透，像是快要吐丝结茧的蚕宝宝，大苗觉得有点恶心。

不知道从哪天开始，大苗突然觉得蚕宝宝这种生物为什么要存在于世上，小时候那些在纸上密密麻麻的小黑点简直就是她自己的宝宝，拿棉花小心翼翼地包着，睡觉也不忘放在枕头下捂着，现在，她却像憎恨大青虫一样无比憎恨它们，她还一度做梦梦见无数的蚕宝宝追着她跑，也许只有在梦里蚕宝宝才会跑得那么快，史无前例地快，大苗不觉吓出一身冷汗，好在生哥的声音把她拉了回来。

"危险的，就是从大门那边的围墙翻出去；安全的，

216 在宿舍后边,我观察过了,那条河上有一条用水泥袋子堆起来的'小路'。"大苗知道那条路,开学时,她和花蕊在校园里走的时候经过过。

"那边人倒是没有,但是那路时有时无的。"说话的是和生哥最要好的魏树,他俩自从刚来那会打过一次架之后就突然直呼兄弟勾肩搭背,原来不打不相识是真的。魏树和生哥身高体形甚至脸形都特别像,不知道的还当他们是亲兄弟呢,况且他们关系这么好。

"这样好了,出去走大路,到时候趁下课混着走读生一起出去,早上回来走小路,那时应该水退了。"生哥替他们做了决定,一向都是如此,如果没有一个人斩钉截铁果断一点,那么要这个结果恐怕还得纠结很久,这大概就是为什么发起战争必须要有一个领袖,统领全军的领袖。

当然大家都同意,心服口服。

"你们真要翻墙出去呀?"男生们刚要散去,在另外一边的花蕊甜甜地问了一句。

花蕊是班上的学习委员,她成绩好又乖巧,总是笑嘻嘻的说话柔柔的两只眼睛还水汪汪扑闪扑闪的，她是那种和大苗完全相反的姑娘。

现在她突然调皮的蹦出这么一句，于是大家都出于本能一致地说："不是不是，随便说说随便说说的。"他们以为她要去告诉老师呢。

没想到她听到后突然小脸蛋像泄了气的皮球，怏怏地来了句"我还想跟你们一起去呢！"

大家都瞪大眼睛表现吃惊的时候她还适时地叹了口气，那是真的失望后的叹气声，大家都觉得不可思议，大苗倒是没有感到一点惊讶，她觉得他们是大屋见小屋。

后来，他们没有实行计划，天下雨了，雨好像就是在他们准备走的时候突然开始下的，下得很匆忙，没头没脑下了十来分钟又停了，对，就是在大家都湿漉漉垂头丧气踏进宿舍的那一刻，雨停了，那真是一场及时雨啊。

晚上依旧听着动感101，今天无论怎么调整天线，总是调不好，呲哩呲哩的声音时大时小不依不饶就是不

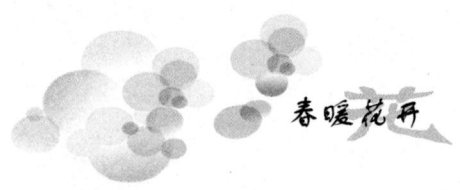

肯消失,大苗觉得耳朵里痒痒的好像爬进了一只小蚂蚁,怎么赶它也不走,大苗显然有点生气了,索性摘下耳机准备睡觉了。

星期一上课的时候,生哥没有来,任课老师问了他宿舍的同学,他们都说不知道。大家都开始窃窃私语,老师喊了一声安静,就继续上课了。

后来班主任来了,把他们宿舍的几个人叫了出去,好久都不见放回来,大家都有点幸灾乐祸,觉得大概是晚上偷溜出去被抓到了。正当大家讨论着他要吃什么处分的时候,警车来了,这下大家才觉得是出事了。

大苗看到警察一个一个从警车里下来,他们一个个眉头紧锁着,交谈了几句之后就马上开始行动起来,很快,学校里面那条河被封锁起来。

很快,消息灵通的同学说那条河里死人了,听说好像是晚上为了出去,结果失足掉了下去。大苗听得心里直发麻,她希望这一切都不是真的。

班主任告诉大家什么事情也没有,让大家不要担心。

"那张敏生怎么不见了啊?"有同学直接问。

"他感冒了回去休息几天。"

老师的话没有人会相信,但大家都不再问了。

大苗和张敏生平时没有什么来往,几乎是没有讲过话,但是一个同学就这样消失了让大苗心里觉得沉甸甸的。她知道一个人的生命是多么脆弱,她深深地知道,可是她无能为力。

晚上,大家经过那条河回宿舍的时候都觉得有点毛骨悚然,虽然没有人告诉他们张敏生死在了那条河里,但他们都心知肚明。

几天以后,学校就把这件事给压了下去,听说学校赔了30万块钱,班主任给同学们的说法是张敏生转学了。大苗心里默默难过,她也不知道自己难过什么,就是觉得生命太无常,对别人来说,可能你的命只值30万,甚至还没有这些,但事实上你的生命是无价的。她替他的父母担心,她想她的父母要该多伤心,他们还有没有信心活下去,反正有一点是可以肯定的,接下来的生活他们会觉得毫无意义,即使过去很多年,他们心里

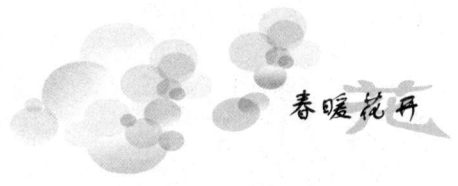

的这道痛也是永远在那里,那么深刻。

学校不能组织学生去张敏生家里慰问一下他的父母,因为他们的说法是张敏生转学了,慢慢的,大家会把这件事情淡忘,慢慢忘记这个班级曾经还有一个同学,我们总是能轻而易举地忘掉那些对我们可有可无的人。可能在10年或20年后的同学聚会上,我们会想起这个人,我们会再讨论起当时的这件事,大家发表各自的看法,然后欷歔不已。

因为这件事,大苗觉得大家都是那么冷漠,特别是那几个和张敏生一起讨论晚上溜出去的同学,他们居然像什么也没有发生过一样,老师问他们的时候他们一个个都把头摇得跟拨浪鼓似的,不管怎么样,他们要把自己和这件事撇清关系,撇得干干净净的。

是的,让大苗更加感到无助的是在期末考试。

在这之前,班主任就给同学都灌输了这次考试的重要性,关系到分班的问题,所以大家都把这次考试看得特别重要,大家表面上都满不在乎,但暗地里却也是一个个铆足了劲,等着一决高低。

大苗在班上的成绩一直都很好，她自己也很有把握能考好。前几门考得都非常的顺利，最后一天的最后一门是考化学，拿到卷子后大苗就低着头认真做了起来。

突然，一个小纸团飞了过来，掉在了大苗的桌子上，大苗慌张地抬起了头，老师正盯着她看，她的心扑通扑通地直跳，她不知道那纸团是从哪里飞过来的，但她知道那不是给她的，她也知道老师一定会认为这是她的，她的心七上八下，她明明没有作弊却比作弊了还要紧张，她紧张不是因为她作弊了，是因为老师会认为她作弊了。

此时此刻，监考老师已经走到了她的桌前，拿起了她桌上的那个纸团，她听见纸团被打开是窸窸窣窣的声音，她屏住了呼吸，等待着审判。

她希望能发生奇迹，希望那是一张空白的纸团，或者那上面有着种种暗示说明那不是给她的，或者……但是没有或者了，因为希望像鸡蛋一样打在了地上，碎了一地。她听见老师问她这是不是她的，她说不出话来，她知道说什么也没用了，况且她也不知道该说什么，她

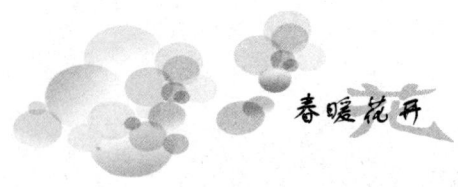

只能沉默。

　　大苗的脸烧得通红,她什么也没有做,可是她却也羞红了脸,她做了替罪羊,是的,她感到愤怒感到无助感到委屈,好像自己现在就真的是那个作弊被抓到的罪魁祸首,没有人关心纸团到底是不是她的,没有一个人能站出来说一句公道话,大家只是冷漠地看着,是的,大家只会看热闹。

　　大苗的化学得了零分,这是一个让人看着多么悲伤的分数。这样,她可能会考倒数第几名,她会被分在一个较差的班级。大苗倒是不关心这些,她只是想知道那个真正想作弊的人到底是谁,为什么有胆量作弊却没有勇气承认,为什么要让她白白承受这些本不该属于她的。

　　班主任找她谈话的那几句话她还记得很清楚,他说"你这样的孩子怎么会想到做这种事,老师之前那么信任你看好你,觉得你这孩子肯定不错的,可是今天你却做出了这种事情",大苗低着头,她静静地听着,她想既然你这么信任我看好我觉得我不错,你怎么就那么轻易相信这是我干的，相信我会作弊，为什么人们总是看到一点表象就急着下结论，就把你这个人一棒子打死，把你划分为好的或是不好的，为什么有时候明明知道真相不是这样的，可是也没有人会去追究到底，有的差错甚至是你根本没有料想过的，它们就是那样突然的来了，找上你了，你该怎么办。

在回家的汽车上，大苗一直在想怎么和妈妈说，是说实话还是照着大家认为的那样说，说自己作弊了，结果得了零分。

快走到家门口的时候，大苗深呼了一口气，她已经决定等待即将来临的一场暴风雨了，她知道班主任一定已经与妈妈联系过了，并且把她的情况——陈述清楚了，事到如今，她也不想再为自己辩解什么，反正大家都是那样想的了，多一个也无所谓了。大苗知道即使自己说出了真相，马婕也未必会相信自己，反而可能会觉得她还在撒谎为自己辩解。要是爸爸在就好了，大苗叹了口气，爸爸一定会相信她的。

大苗在门口磨蹭了好久，才开门进去了。妈妈和平

时回家一样,正在做饭,大苗长长吐了口气,"我回来了,妈妈。"

"回来了啊,桌上有蛋糕,昨天顽固先生生日他学生给他买的,知道你今天要回来就给你带了一块过来。"

大苗看到桌子上的一块小蛋糕,金黄的蛋糕上面是白色的奶油,还有一个小樱桃,大苗不太想吃,可还是吃掉了。

吃饭的时候,马婕一直没有提起考试的事情,大苗心里七上八下的,大苗想妈妈也许正想着该怎么教育她一番吧,要是自己真的作弊了,那不管妈妈怎么说她都心服口服,可是问题是她没有作弊,现在却要像做了错事的孩子一样担惊受怕,几次她想要开口,却说不出口,她说不出自己没有做过的事情,这样的说谎简直比杀了她还痛苦。

大苗一口一口扒着饭,时间一秒一秒地过得特别漫长,大苗从没有觉得时间是如此的慢,可是马婕就是绝口没提考试的事,倒是一个劲地说着马程才,说他在学校里老是惹事,然后举了一大堆的例子出来,最后她说虽然如此，但是我儿子啊就是聪明，考试考得还挺靠前呢，马婕说着脸上洋洋得意，大苗听着心里难受极了，她觉得马婕是故意这么说的，让她难受，让她愧疚。

大苗有点沉不住气了，咬咬牙准备说了，与其这样心里没个底地等下去，还是自己说吧，把那些大家认为的"事实"说出来吧。

"妈妈，我有事跟你说。"

"说吧。"

"我的考试……"还没等大苗说完，马婕就插上了。

"考试这次没考好没事，妈妈都知道了。"

大苗叹了口气，妈妈果然是那么认为的，妈妈果然把自己想成了那样的人了。大苗心里难过，难过妈妈竟然也不了解她不相信她。

马婕起身收拾碗筷洗碗去了，大苗坐在凳子上发呆，下午，大苗去了顽固先生那里，她想找个人诉说一下心里的苦闷，可是想了又想，突然觉得没有必要再去说了，非要证明自己是清白的干什么呢，相信你的人不管怎样总是相信你，不相信你的人你说再多解释再多浪

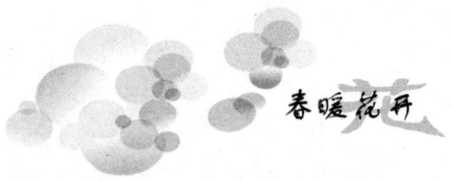

费的只是你的口水。

来到书店门口的时候,发现门居然上了锁。

怎么上锁了呢?顽固先生的书店是一年到头都不会关门的呀,大苗心里纳闷着。透过玻璃窗,大苗看到里面的东西还是好好地放着,和之前一样,只是里面一个人也没有。大苗等了一会,还是没等到顽固先生,只得掉头回去了。

回到家,家里出奇的安静。马程才比自己早几天就放假了,现在又不知道上哪去了。马婕也不在家,家里已经被收拾得很干净了,虽然房子已经很陈旧了,但是马婕总是把它们打扫得干干净净,她说家就是要这样,简陋不要紧,但是一定要干净。大苗觉得自己的轻微洁癖症也是马婕给带出来的,每次擦玻璃窗,都非要把窗擦得亮得跟钻石一样,正面看反面看,来来回回,擦完全部的窗得折腾一下午。

大苗回到自己的房间,外面的阳光从窗户照进来,照到床上,被子闻上去软软的香香的,大苗突然觉得有点困了,把脸靠在那块软软香香的地方就马上进入了梦乡。在梦里,她看到了爸爸妈妈、姐姐弟弟,他们在一起吃饭,有说有笑,可是她一靠近,他们就离她远一点,她喊他们,她叫爸爸、妈妈,可是他们好像听不见一样,他们也看不到她。大苗哭着跑着追着,可是永远也靠近不了,突然,他们全都消失了,没等她追上他们,他们都消失了。大苗在原地蹲了下来,绝望极了。

醒过来的时候,只觉得头很重,脚也很重,浑身还有些发抖,大苗挣扎着想要起来,却被马婕制止了,她这才发现自己正躺在被子里面,头上敷着冷毛巾,马婕则坐在她的床边。

"我怎么了?"

"还怎么了,睡觉也不好好睡,着凉了我回来你正发着烧呢。"

"我发烧了啊?"

"你自己摸摸,嘴里还不知道叽里咕噜地说着什么。"马婕一边说一边给大苗量体温。

大苗的眼睛迷迷糊糊地看着马婕走来走去,一会来给她换毛巾,一会摸摸她的额头,一会问她想吃什么,

大苗眼睛湿湿的，她好像太久太久没有得到马婕这样的照顾了，她一直以为自己一个人也能很好，凡事自己照顾自己，不需要别人操心，她从小就盼望着自己能快点长大，长大以后什么事情都能自己解决。可是现在，她病倒了，像个孩子一样被妈妈照顾着，疼爱着，突然觉得自己是多么渴望这种爱，被妈妈细心呵护捧在手心里，她原来也还是一个孩子，却一直被迫着想让自己快点变成一个大人。

到了晚上，大苗的烧基本上已经退了，马婕给大苗煮了一碗粥，让大苗趁热喝了，大苗手里拿着微微发烫的碗，看着碗里面的热气慢慢升起，她把自己的脸凑上去，用鼻子闻了闻，淡淡的香味，她以为那就是妈妈的味道，她突然很想哭，很想抱着妈妈哭，告诉妈妈自己的委屈，她一口一口吃着粥，眼泪也一滴一滴掉进碗里。

马婕递了毛巾给她，"哭什么，傻孩子，快点把粥喝了就好了。"

大苗听了心里酸溜溜的，眼泪掉得更厉害了，她想自己也只要妈妈一点点的爱就好了，只要一点点。

马婕突然坐了下来，对大苗说道："妈妈知道有时候关心你不够，妈妈以为你懂的，妈妈觉得你既然做姐姐就应该更懂事，毕竟弟弟比你小，妈妈多关心点他也是应该的，但妈妈也是一样爱着你的。"

"我知道，妈妈"，大苗哽咽着说道，"我知道你是爱我的，只是你的爱和爸爸不一样。"

"在妈妈心里，你永远是最好的，你要知道，妈妈不会经常去表扬你，但妈妈心里都知道，妈妈相信你考试没有作弊，妈妈相信你的。"

大苗突然抬起头，看着马婕，马婕却催着她，"快点把粥喝了，我去看看你弟弟。"

那个夜晚，大苗发着低烧，却无比满足地入睡了，她在心里谢谢马婕，要知道那句话对她而言是多么重要。她不用再去假设去揣测，它从马婕嘴里说出来的那总归是真的了。

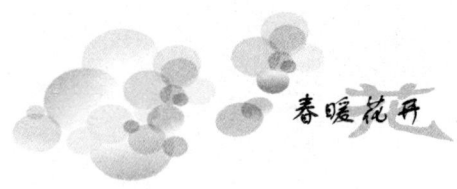

16

又是一个春节要到了,在一切准备妥当以后就等着元亦文带着丈夫和孩子回来团聚了。自从上次大苗接到元亦文的电话之后元亦文就再没有和家里通过话了,只是说过年会回来。

马婕因为大苗和马程才的考试都不尽如人意有点提不起精神,当然更让她头疼一点的是马程才又得花钱才能进一个相对来说教育质量好一点的中学,可是花钱也就算了,要是马程才乐意,那她倒也高兴,问题恰恰是马程才一点也不想上学,他居然和马婕说他想和一个同学一起去学理发,想做发型师。马婕听到这话的时候脸都发绿了,她差点就拿起鸡毛掸子了,马程才做了个鬼脸跑出去了。

屋子里只剩下马婕一个人,她一个人对着空气骂着,"臭小子,你做什么不好要做发型师,你妈我辛辛苦苦培养你你倒好,要气死你妈我啊。"马婕骂了大概十分钟，就累了，她决定等马程才回来一定要好好教育教育他，她甚至把小木棍都放在了旁边。可是晚上马程才一蹦一跳回来的时候喊了她一声"妈妈"，她就把下午想好的事全给忘得一干二净了。

不管马程才是什么样的，马婕早已为他想好了他要走的路，他偏离了，她就负责把他拉回来，就像他的名字那样，马婕要让他成才，而且必须是她心里所想的那个才。他可以犯错误，但是她不能，她要坚定的按照计划，送他上好的初中好的高中好的大学，她知道培养了儿子，儿子是会永远留在身边的，而女儿早晚是要离开自己的。

又是大年夜那天，马婕、大苗和马程才都等着元亦文回来，但是没等到元亦文，倒是先等来了花蕊和她爸爸拎着大袋小袋地来了，有点不请自来的意思，主要是马婕压根已经忘记了有这两个人。

气氛显得有些尴尬，大苗赶忙过来打圆场，她恨不得打自己一个耳光怎么把这件事情给忘了呢，但是她知道自己不是忘了，她没想到花蕊是认真的。

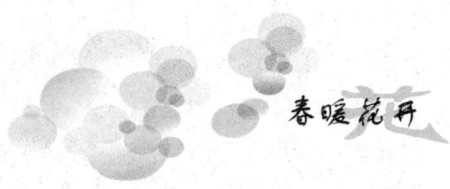

"妈妈,这是花蕊,这她爸爸,你们以前认识的。"

"哦哦哦,我想起来了,是你啊。"马婕尴尬的脸上赶紧挤出了笑容,把他们拉进屋子里。

大苗本想说点什么的,但是又觉得现在说什么都晚了,况且这谁都看得出来是怎么回事吧。

马婕一边说去给他们泡茶,一边朝大苗使眼色,大苗很识相地跟在马婕后头。

"怎么搞的啊。"

"我忘记和你说了,花蕊她那时候说要撮合你们在一起的,我没当真,给忘了。"

"你看看,这下可好了。"马婕皱起了眉头。

大苗看着马婕,发现妈妈其实还是很美的,虽然岁月在她脸上已经留下了些痕迹,但是她以前的美丽还在那里,不清晰却还是在的。

"妈妈,你看你一个人也挺孤单的,花蕊她爸爸挺好的。况且以前你不是也想……"

"你这没良心的孩子,以前还不是为了你们,我这辈子啊,只爱你爸爸,你爸爸他千不好万不好我都能原谅他，唯一让我无法原谅的是他抛下我们自己先走了，你说他怎么忍心……"马婕说着说着眼眶已经红了。

大苗一时也说不出什么话来，她已经太久太久没有见马婕这样了，马婕在她心里的样子永远是天不怕地不怕的，现在红了眼眶的妈妈让她有点措手不及。

但是很快，马婕又变回了她熟悉的那个妈妈。

她端了两杯水走到外面，笑脸盈盈地让客人喝茶。

"我们现在这个年纪也不适合谈婚论嫁了，孩子们的心都是好的。但是这事还是算了吧。"马婕开门见山地说了自己的想法。

显然，听到马婕的话，花蕊和他爸爸的脸色都不太好看，但他们既然来了，就还是硬着头皮说了些话，没坐多久，就要离开了，杯子里的茶还是满满的。

"东西我就不拿回去了，当做新年礼物了啊。"走得时候，花蕊的爸爸故意指了指那堆礼物说道，花蕊大概是嫌她爸爸丢人了，赶紧拉着他走了出去。

马婕和大苗则互相看了对方一眼，微微一笑。她们多多少少也看出了一点他们的诚意，何况现在他们一家

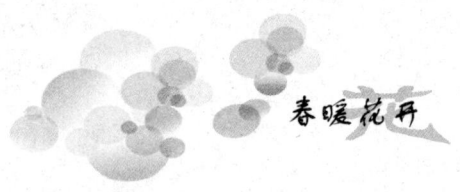

人也很好。

他们走后不久,元亦文就回来了,大苗老远看到姐姐赶紧冲出去接她。

"啊,小宝贝好可爱啊,她叫什么名字啊。"

"叫元样。"

"咦,她也姓元啊,姐夫呢?姐夫怎么不在?"大苗东张西望也没看见元亦文的丈夫。

"他不回来了。"

"那他一个人多没劲啊,一起回来该是多么热闹咯。"

元亦文把元样递给大苗,"来,抱抱她,她好像很喜欢你。"

大苗接过小宝宝,才看到元亦文一个人要拎两个大包,身上背一个手里还得抱着孩子,她的两只手都被勒得通通红了,上面的一条条青筋异常明显。

回到家,马婕的第一句话也是"他人呢,怎么没回来?"

元亦文支支吾吾地说他有事什么的就给搪塞过去

了,但马婕怎么可能没看出来什么不对劲,但她没有再问,她知道亦文现在不想说,等想说的时候再说会比较好。

年夜饭一家人吃得其乐融融,期间还有个小插曲,小宝贝尿尿尿身上了,马婕笑着说这小家伙不会说话倒也知道给我们增加点热气,说完大家都哈哈大笑起来。

大苗期待过年的那几天,倒不是那几天伙食好,就是那个气氛,平时冷冷清清的家里突然感觉到了生气,热热闹闹的,大家谈着家常说说话,每个人都在那几天放下所有的事情陪着家人,大苗喜欢的就是这种团聚的喜悦。

这次回来,元亦文去街上买了两个大灯笼,就是挂了上去也不知道怎么把线连起来,这才发现家里唯一的一个男人现在才快要13岁。

马婕说:"咱不用电线,放两根蜡烛进去我看也行,反正一样亮着就行。"

大家都表示同意,于是大家七手八脚忙活起来,大苗和马程才去找蜡烛,元亦文和马婕一人一个灯笼,把

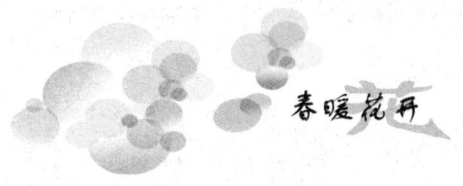

里面的灯泡拆下来。

"我们家的灯笼可是独一无二的啊。"马婕笑着说。

"是啊，古时候不都是没有灯泡的吗，估计也就是用蜡烛之类的东西点着放里面的。"元亦文说道。

"我们这活的不在进步倒是在退步了啊。"马婕说着自己笑了起来。

大家都沉浸在改造灯笼的过程里，等到把蜡烛固定在灯笼里之后，就等着把它点找了。大家都一致认为应该由马程才来点，"点着了，点着了"，大苗高兴地说到，这时，亦文的小宝贝也拍起手来，奶声奶气地也说着"点着了，点着了"，大家都惊奇地看着她，说长大后肯定了不得，人家的孩子都是先会说爸爸妈妈的，我们家的孩子就是不一样，了不起。

就这样灯笼在元样的第一句话"点着了点着了"中被挂了起来，里面的蜡烛光红彤彤的，一点也不输给那些靠电发亮的灯泡。

挂完灯笼看了会春晚，马婕让大家先回房睡会，等快12点的时候大家再起来放爆竹迎接新年，之后大家都回房睡觉了。

后来他们是被一声声惊恐的声音吵醒的。模模糊糊地外面好像叫着"着火了着火了。"大苗还以为自己是做梦，直到元亦文把她摇醒，她说："不好了，外面着火了。"

大苗一下清醒过来，嗖的一声坐了起来，衣服也没来得及穿好就跑了出去。跑出去了才发现着火的居然是她们家。几个小时前她们挂起来的灯笼现在正烧得通红，像两个大火球，眼看着就要掉下来了。马婕也起来了，马程才完全没有一点慌张，反而兴奋得不行。

"哎呀，怎么给烧起来了。"马婕拍了一下大腿有点懊悔地说道，"都是我想的馊主意。"

就这样，谁也没有想到要用水去把火浇灭，她们几个人就站在几米远的地方，看着那两个灯笼烧着，然后掉下来，继续在地上烧，最后火一点一点熄灭，她们就在那里远远地看着，12点早已过了，她们忘记了放爆竹，忘记了说新年快乐，新年就在她们发着呆看着着了火的灯笼中到来了。火熄灭的时候，马婕才说了一句：

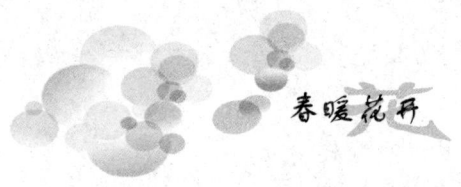

"我们这才是真真正正的红红火火过新年啊。"

"那两个灯笼要80块钱呢。"元亦文说道,说完大家都不约而同地笑起来。

七天之后,元亦文又要走了,临走前一晚,吃过了晚饭,元亦文说有事要说,于是大家都坐了下来。

这个场景有点似曾相识,很多年前,家里也开过一个这样的家庭小会议,大苗记得那时候她还小,还没轮到坐在桌面上商讨事情,那次好像是关于她上学的问题,大苗还清楚地记得她在门缝后听到的那些话,当时她心里难受的感觉现在已经感觉不到了,时间总可以让人忘掉或是淡忘一些痛苦,那些当时看起来永远无法愈合的伤口也会在时间的慢慢调理下渐渐恢复。

现在,大苗已经能够参加这样的家庭会议了,她像是替代了元天石的位置,是的,她想她现在就好像代表了爸爸一样,突然之间就有一种自豪感成就感从大苗心底升起。

元亦文从包包里面拿出两张叠在一起的纸,摊开来放在桌子上。

纸正好对着大苗,大苗一眼就看见了"领养证明"四个大字。大苗粗略地扫了一下下面的内容,就明白了元样是元亦文领养的小孩。

几乎是同时,大苗和马婕抬起头看着元亦文,等着她说点什么。

"结婚以后我一直没有怀孕,那天他和我一起去医院检查,是我的问题,回去的时候他一直安慰我没关系的,我心里其实并不多么难过,可能是因为我自己也是孤儿的缘故吧,所以我想领养一个孩子也挺好的,我和他说了他也表示很赞同。"

"那很好啊,我那时候也是一开始医生说我不生的,后来还不是生了。"马婕说道。

元亦文叹了口气,"是啊,但是我没有想到的是他一个礼拜之后就离开了。"

"他走了?"马婕差点跳起来。

"他走了",元亦文淡淡地说着,仿佛她不是当事人只是一个陈述故事的人。"他带走了所有他的东西,一样都不剩,就连前几天买的草纸他都带走了",元亦文

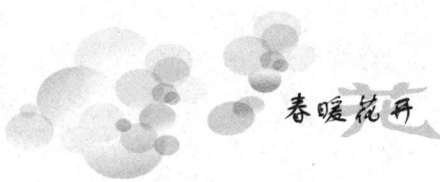

说着自己苦笑了一下。"好的时候真是好,不好了连一包草纸也算的那么清楚。那天我觉得那间房子好陌生,好像他从来没有存在过一样。只有桌上那张离婚协议书让我明白这不是梦,一切都是真的。"

"他要跟你离婚?"

"是的。"

"你同意了?"

"我同意了。"

"你怎么能同意了!?"马婕气得声音提高了好几倍,虽然她知道已经不能挽回什么了,她也知道这种人离了更好。

"我想也没想就同意了,真的,我连一秒都没有犹豫。现在想想当时自己真的是太帅了,买菜的时候为了几毛钱还要犹犹豫豫的,离婚别人看起来都是天大的事在我这却成了眼睛眨也不眨一下的小事了。"

"你这孩子,离婚这么大的事情也不和我们商量一下,女孩子这离了婚就打折扣了。"

"我自己的事情,自己看走眼了,让你们再担心心里太过意不去了,现在告诉你们,事情反正都已经定了,现在我一个人很好,有孩子陪我就够了。"

"妈妈让你受委屈了。"马婕突然很内疚地说道。

"哪里的话,你们把我养了这么大我心里感激你们,以前恨过这个家,但是自己结了婚,成了家,又离了婚,再到自己领养了这个孩子,我就明白了,真的明白了。"元亦文停了停,又说道,"妈妈,你是一个好妈妈,那时候爸爸赌博,我以为你会唉声叹气抱怨不停,但是你没有;怀了马程才爸爸输了钱家里穷得叮当响的时候,我以为你会失去信心失去希望,但是你没有;后来爸爸去世了,我以为你会崩溃会垮下,但是你还是没有,你一直那样坚强地站着,给我们看,你没有教我们写字读书,却教给我们比这些更重要的东西。"

大苗听着元亦文的这些话,心里热热的,姐姐的话讲得很对,讲到她心坎里去了,妈妈是不容易的,这么多年了,她为了我们为了这个家付出的太多了。

"亦文啊,你看你要不要搬回来住啊,一个人在那还要带孩子也辛苦。"

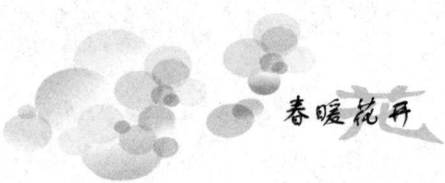

"我好不容易出去了,也考上了学校,现在一个人带着孩子,辛苦是辛苦,但是熬一熬就过去了,日子总是会好起来的。"

她们母女三个就那样默默地互相看着,好像是在互相打着气。

17

亦文走了之后,大茁又去了几次顽固先生那里,可是那边的门一直紧锁着,大茁这才发现自己竟然连顽固先生住哪里都不知道,没有办法了,快开学了,只能留一张纸条夹在门缝里,大茁在纸条上留下了自己学校的地址,如果顽固先生看到了,就会给她来信。

这个学期,来了一个新的语文老师。

这是一个三十出头的男人,不是本地人。相比那些资深年长的老师,他算是年轻的,但并不是年纪轻就代沟少,有些陈故的思想难道是与生俱来的?

第一次见到他的时候,是在开学第一天的第一节语文课。一个假期没见的同学都互相聊着天说着趣事,8点上课,他7点50分就到了教室,刚进来的一瞬间,大苗还以为他是个女的,因为个子不到一米七的他穿了一件粉色的衬衫,头发不长却也不短,不知是因为几天没洗还是因为汗流湿了头发,总之它们紧紧贴着他的头皮,当然,误认为他是女的还有就是因为他很白,那种白是会惹很多女生羡慕嫉妒恨的吧,放在他的脸上却显得有那么点不合适和那么点浪费,毕竟男人总不能像女人一样把脸拿来当饭吃。大苗开始仔细观察他脸上的器官,薄薄的嘴唇,小小的鼻子,短短的眉毛下面一双小小的丹凤眼,眼睛上架着一副金丝边眼镜。

他站在讲台上,看着下面乱哄哄的学生,眉头微微皱了起来,同学们似乎还没有安静下来的意思,经过一个假假的"放荡",大家都成了一匹匹脱缰之马,有点收不回来。他却也很有耐心,只是静静地看着,观察着这些他的"孩子",教室里唯独安静的两个人,是他和大苗,像两个旁观者,他们都在等,大苗在等他讲话,他却在等同学们安静下来。

不知又过了多久，七嘴八舌的声音慢慢变小，变小，再变小，然后就一点声音也没有了。停下来了，大家才意识到老师已经在讲台上站了好久。

教室里突然变得异常安静，大家听着各自呼吸的声音，眼睛直勾勾地盯着新的语文老师，现在换做大家在等他了，等他开口讲话了。他似乎得意起来，嘴角有些上扬却努力保持原来的样子，那样子实在有点让人不舒服。

他终于开始讲话了。

"同学们，今天是我们第一次见面，有可能的话我想我们会一直见面下去直到你们走出这座学校。"他停下来顿了顿清了清嗓子，"这中间的过程可能你们会觉得是艰苦的，但是最后你们一定会觉得那是幸福的。"可能是同学们没有表现出他所预期的表情，他只好自问自答了，"为什么说是艰苦又是幸福的呢？你们知道，高中不同于初中……"

之后他说了什么大苗一个字也没有听进去，从他那张小嘴吐出来的一个个字突然就好像变成了一个个像经文一样晦涩难懂的文字，大苗只是看到他的手在空中有节奏地甩动着，唯一不变的是手指，它们始终保持着优雅的兰花状，好像永远也不会凋零。大苗清楚地注意到，当他拿起粉笔在黑板上写下自己名字的时候，他那朵美丽的兰花依旧亭亭玉立着，以至于黑板上唯一的两个大字——陈阳，都没有记住。

　　陈阳的父母在生下他的时候一定是希望他是一个阳刚的男子吧，可是他却没有按照父母期许的那样，有着男子的阳刚之气，生气的时候，也就是瞪你两眼然后把牙齿紧紧咬在嘴唇上，却憋半天没有憋出一个字，那种样子完全就是一个小姑娘嘛。你再看看他走路的样子，扭动着屁股，两只手在两侧快速地前后摆动着，他走路很快，很轻，大苗一直觉得他像个幽灵，神出鬼没的，常常在大家自习的时候突然出现在教室的某个角落，但是这种"惊喜"大家似乎都不喜欢。

　　总的来说，大苗并没有对这位新老师有太多的不满，除了他的那么点娘娘气，但每个人总是有缺点的，大苗是这样想的。有时候同情心泛滥的时候，大苗甚至

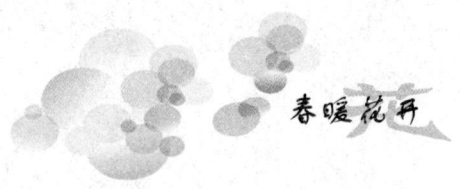

有点为他打抱不平。

　　就像那天早上，一二节都是他的课，不知是起得太匆忙还是怎么回事，陈阳的头发有一撮调皮地脱离了"大部队"，独自竖得老高的，随着他激情的讲课而在他头上一跳一跳，同学们都在窃窃私语偷偷地笑，他却全然不理会，继续自己的讲课，投入异常。不知道是谁，突然像发现新大陆一样指着他那件暗红色夹克，上面有一小坨类似鼻涕一样的液体，大家一个个传开了，都忍不住拿书遮住嘴，有的更是笑出了声，大苗也发现了，却没有跟着他们一起笑，她的心中突然升起一股无名的同情。

　　那时，在大苗心里，讲台上的那位老师是弱者，是孤单的，是无助的，他辛辛苦苦在上面讲课，底下的学生却在嘲笑他。大苗紧紧握紧自己的拳头，她很想站起来大声指责那些同学，那些以嘲笑别人为乐的同学，可是她没有这么做，因为自己也是他们中的一员，自己有什么资格有什么脸站起来呢，她怎么能挥起手来狠狠打自己一个耳光子。

但是很快，大苗发现新来的语文老师除了不像他名字那样有阳刚之气外，还有另外一个缺点，可能这个缺点并不是对所有人来讲都算是缺点，但至少大苗觉得那真是糟糕透了。

第一次写作文之前，陈阳让他们每人去新华书店买一本作文选，作文选是他指定好的那一本，必须要买那一本。大苗有点不乐意，她觉得作文选上的作文写得虽然挺好，但大部分都是为了写出这样的作文而写的，可是陈阳却强制他们每人都要买，还说下次要检查，谁没有的话就别上他的语文课了。

这让大苗想起了顽固先生在她上小学的时候跟她说的话，那时候大苗还没有开始写正式的作文，顽固先生说他从来都不让他的学生看作文选，他说作文选上的作文都是让孩子写一些假话，没有真情实感，他说写作文就是要写真情实感的东西，这样你才有话可说有东西可写，而那些作文选上的作文虽然比较规范，但是多看这种书会限制你的思维，让你每次总往一个路子里钻。大苗一直记得顽固先生的这些话，但是现在这个语文老师

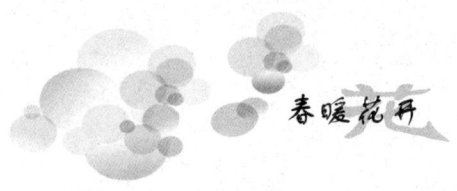

却一定要让他们买,没有办法,为了继续上语文课,大苗只得跑去买,虽然心里一百个不愿意。

书买回来大苗象征性地翻了两页,马上就给合上了。

等到再上语文课的时候,陈阳真是说到做到,让每个人都把作文选放桌子上他要一个一个检查,果真有没有买的同学,他让那几个同学站起来,一个一个说为什么没有买,几乎所有的人都说是忘记了。

"那我就再给你们一个礼拜时间,下周这节课上再没有的我就真的让你们出去了。"陈阳使劲装着很有气势的样子。

第一次的作文题目是《我的母亲》。

等作文本发下来的时候,大苗看到了一个大大的潦草的"中","中"是代表了刚及格的样子,大苗从来没有得过这么低的分数,由于从小看了很多的书,大苗的作文一直属于挺优秀的,自己也一直很有自信,但是这次得了一个"中",大苗简直不敢相信,写这篇作文的时候大苗还觉得自己写得不错,怎么才得了一个

"中"呢。

大苗把自己的作文反反复复读了几遍之后,终于决定去找陈阳,他至少要告诉她打这个"中"的道理。

越靠近办公室的大门大苗心里越是没底,她觉得自己在一点一点地退缩,但是她的脚还是一步一步向前走着,终于到了办公室门口,大苗对自己说,进去吧,问一问,趁着胆子最大的时候大苗打开了门,陈阳正坐在那。

"陈老师。"

"元大苗啊,怎么了?"

"我是想问一下为什么我的作文只得了一个'中'。"

"你这篇作文啊,我到时候作文课上还得讲呢,是典型的作文。"陈阳边说边拿过大苗的作文本子,"你看哦,我的作文题目是什么?"

"我的母亲。"

"对,是我的母亲,你看看你写了什么。"

"我写了……"大苗刚要说话就被陈阳打断了。

"你写的这是'我的父亲'了,完全跑题了。"

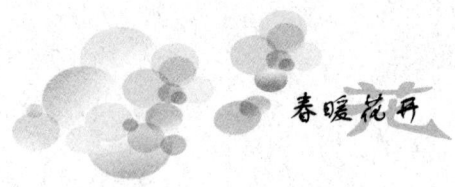

"可是我……"

"这写作文就怕偏题了,我让你们买的那本作文选看了没有。"大苗想说没有,但是知道说了肯定完蛋。

"那本作文选上的作文都是一些经典的范文,把那些文章背出来的话基本上写什么题目都能套进去了。"

"可是那样……"

"没有什么可是,你看看你写的文章还说什么可是,老师总不会害你们的,你只要按照我说的去做,按照作文选上的文章照着去写,就行了,作文就没问题了。"

大苗不知道再说什么了,陈阳只说因为她偏题了,所以得了一个"中",可是他没说为什么她偏题了,更何况她自己觉得自己没有偏题了,她是写了爸爸,但是写爸爸的那些都是为了衬托妈妈的呀。大苗难过极了,她不知道该怎么办。她想念顽固先生,她真希望现在顽固先生能告诉她应该怎么办,其实她知道顽固先生会说什么,是的,要按照自己认为对的方式去做。

等到下节作文课的时候,陈阳果然拿起了大苗的作文读了起来,这是当反面教材来读的,大苗的脸憋得通通红，她心里气愤极了，她想站起来，从陈阳手里夺过作文本，她想抗议，她想大声说看作文选根本是自杀行为，她想说陈阳根本不是一个好老师，可是她只是坐着，握紧了自己的小拳头，紧紧咬着牙齿。

大苗之后的作文一直只是"中"，最多得一个"良"，偶尔还会被陈阳当反面例子来读，但大苗已经习惯了，她只是坐着，不会再握紧拳头咬紧牙齿，她觉得什么是对的，就怎么去做。

一开始陈阳还一直找大苗谈话，但是后来可能觉得大苗这孩子没救了，也就随她去。让大苗确定自己没有错是每次大考她的作文成绩始终不会低，因为大考的卷子是不同的老师改的。但是陈阳似乎永远看不到这些，在他眼里大苗应该只是一个不听他的话一意孤行的坏小孩。

有一次，大苗经过校园橱窗的时候，发现自己的作文竟然被贴了出来，那是她在一次考试中写的作文，现在被一字不差地打印了出来挂在橱窗里，旁边还有一段老师的评价，大苗读着读着的时候，眼泪就差点滚下

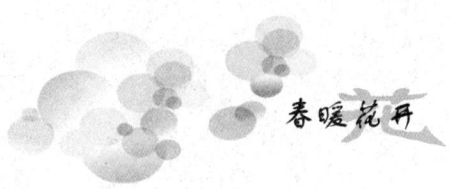

来，她是觉得终于有人能肯定她一次，让她更坚定也更有勇气继续这样走下去，她真怕有一天自己会害怕，会停下来，但她不能，她不能。

之后不久，她收到了顽固先生的来信，拿到信的时候大苗简直高兴坏了。

这是信的内容：

> 大苗同学：
>
> 就知道你会来的，看到门被锁住了也知道你一定会着急，我也是隔三差五让人去那看看，果然你留下了纸条，于是我就给你写这封信了。
>
> 你顽固爷爷我现在是真的老了哟，一个小感冒就在床上躺了两个月，躺的我这身子骨都快散架了，现在总算是好了，我又回去小书店了，你放假回来就能看到我了。
>
> 最近的生活还好吗，很久都没看到你就怪想念你的。你和你姐姐一样，都是有想法又有

骨气的孩子，但是很多事情都只是藏在心里，自己一个人承担有时候是很痛苦的，可以的话不妨说出来，告诉一个人，随便谁，认识的或是不认识的，当然告诉他们并不是为了让他们替你来分担什么，而是说出来了你自己心里就轻松了，别让自己活得太累。还有想做什么就去做吧，趁着年轻，不要怕，怕这怕那就什么也做不成功了，这世界上没有什么事是有多么可怕的，可怕的只是我们自己胆小输不起的心，所以孩子看好眼前的路，别怕路上石子多，别怕前面有老虎，只要你不迷恋旁边的花朵，不贪图树底下的阴凉，你可以听取路人给你的评价和意见，但是最后的决定权还是你自己，认定了这条路就不要迷茫，就一直向前冲吧。你说要是那不是一条正确的路该怎么办，走了那么多冤枉的路，没有关系的，那就当是为你走上一条正确的路做铺垫，锻炼你，磨炼你，给你更多更丰富的经历。

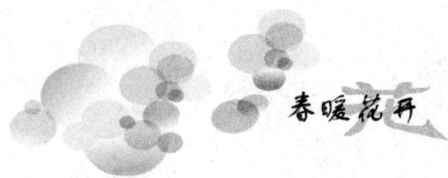

春暖花开

我这老头子也就不多说，多说会变啰嗦的，反正我相信你可以，你也要相信自己，人有了梦想，知道了自己想要做什么，那就是好的了，剩下的就是看你能为你的梦想付出多少了，最后，要有好的心态，因为付出和收获往往并不是成正比的。

不用给我写回信了，放假来看看我这老头子我就高兴了。

你永远的顽固爷爷

读完顽固先生的信，大苗觉得还是有人相信自己有人支持自己的，一切都还是美好的，有希望的，只要自己想要，只要自己不怕。

那天花蕊神神秘秘地走到大苗旁边，对她说他爸爸和她妈妈有戏了。

"有戏了？"大苗惊讶地说出来。

"你不希望他们好啊。"

"不是啊,可是上次看那样子,怎么又有戏了呢?"

"这都是我爸的功劳啊,我爸每个礼拜都去你家,你妈妈估计是被我爸感动了啊。"

"那挺好的。"大苗没有太高兴,也有点将信将疑,她不希望妈妈受到伤害,虽然她又很希望能有人来照顾妈妈,她希望是一个像爸爸元天石那样的,不要求一样,但不能差太多。

大苗有时候打电话给家里,和马婕讲会话后会故意说要弟弟来听电话,然后偷偷打听一点妈妈和花蕊爸爸的情况。马程才说那个叔叔几乎现在天天都要来的,买了菜过来和他们一起吃饭,大苗又问那个叔叔晚上走不走的,马程才说妈妈都让我先去睡了,我也不知道,反正早上的时候那个叔叔都已经不在了。大苗听了心里有点难过,她也不知道自己难过什么,她说不清楚,但是她知道自己并不是那么喜欢妈妈和他在一起,她不知道他是不是好人,他知道他不能和自己的父亲比,但是妈妈现在看上去似乎挺喜欢他的,她必须尊重妈妈的选择,妈妈快乐的话什么都不重要了。

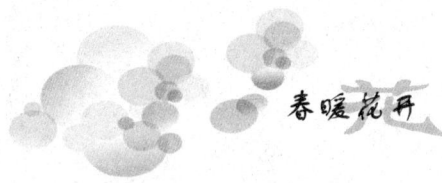

等到下一个假期就要到来的时候,大苗就迫不及待地想要回家,她从来都没有那么迫切地想念家里的一切,她想一定是马婕在电话里告诉她,她们要搬家了,马婕说她们的房子就要被拆掉了,这个暑假可能是她在那里过的最后一个暑假了。

那天晚上大苗失眠了,再过不久,她就要离开那个她住了将近20年的房子了,她想到了那个伴她度过无数个夏天的小弄堂,想到了绑在床脚上爸爸给她做的储蓄罐,想到了顽固先生和他的小书店,想到了那个被人骂了无数遍的杨凌河和化工厂,想到了她的幼儿园她的小学,想到了她和姐姐一起玩耍过的地方,她要把每一个角落都回想一遍,那里是她的童年,有她最美好的不管是快乐的还是心酸的回忆,可是自己的记忆总是那么有限,大苗真怕有一天自己会忘掉,她怕她最终会想不起来。

她已经想好了暑假的时候要把那些地方都再走一遍,有关家的记忆就要这样永远地刻在自己的脑子里,她想如果爸爸在的话,一定会和她一道去各个地方都走一走,或许他们还会再去长江边吹一吹海风,看一看大轮船,然后在那里坐一会,什么也不说,只是坐着,看着远方。她还得去顽固先生那里,和他道别,她要像元亦文那样,也送给他一件礼物,她还没有想好送什么,她会和他讲很久的话,讲累了就各看各的书。她还要在弄堂里面看一看自己小时候在墙上写的拼音还有元亦文教她画的画。她还得走过那条化工路,再闻一闻那臭臭的味道,听一听人们经过时候的咒骂声,然后去买一包白糖,虽然她已经大到不能拿到糖果了,那家白糖店也早已换了老板。

  小时候她一直想快快长大,到别的地方去看一看,看看高楼大厦看看山川树林,现在虽然不是去看高楼大厦不是去看山川树林,但是她却真的要离开这里了,可能永远也不会回来了,这里的一切都将和她的过去一起一去不复返了,一点痕迹也不留下,除了她记忆里的那些东西,那是谁也带不走的。

  回到家的时候,大苗长长叹了口气,还好家里一切都没有变,还是原来的样子。桌子上放着中午吃剩下来

的菜，窗户上有她用记号笔画的"happy new year!"，她的书都还在原来的地方静静地躺着，储蓄罐也还好好地在床底下，大苗心满意足地躺在床上，过了一会她突然又跳起来，从箱子里找出那条她织好的围巾，她要去看望顽固先生，给他一个惊喜。

大苗像小时候一样，拎着塑料袋，塑料袋里面装着一条围巾，走起来的时候塑料袋会发出窸窸窣窣的声响，大苗心里有点紧张，像小的时候一样，她想她终究也是长大了，也要像元亦文一样离开这里了，不知道还能不能经常来顽固先生这里了。一边想一边走着，很快，大苗就到了那个书店门口了。

可是和上次一样，门关得死死的，透过玻璃窗，里面的书全都不见了，只剩下一间空空的房子，大苗突然害怕起来，一种不好的感觉爬满了她的心头，她使劲摇着自己的头告诉自己一定不是自己想的那样的，可是顽固先生已经那么老了，大苗想到了那封信，难道顽固先生知道自己不行了，才让她不要再回信了。

大苗眼睛红红地回到家里，打开门，居然看到顽固先生就坐在那里。大苗揉了揉眼睛，张着嘴露出不可置信的表情，顽固先生哈哈大笑起来："大苗怎么这么久不见不认识我这老头子啦。"

大苗听到顽固先生熟悉的声音，这才相信这是真的，坐在他面前的就是顽固先生，他不是在做梦，刚刚还万分难过的她现在简直高兴得不知道说什么好，只是一个劲地笑。

"我来的时候你妈妈说你刚走，我就想你一定是去看我了。"

"是的啊，我看到书店里怎么又没人，里面的书也都不见了，我还以为……"

"还以为我这老头子死掉了啊！"

"不是的不是的……"

"这又没事的，我这么老了是快要死了哦，说不定这是我们最后一次见面了。"

"怎么会？"

"哈哈哈"，顽固先生看着皱着眉的大苗，又笑了起来，"你那塑料袋里的东西是给我的吧？"

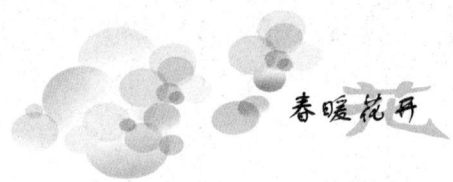

"对啊,给你的礼物。"大苗把围巾拿了出来,才想到现在正是夏天,于是说道:"冬天的时候戴。"

"你姐姐的那条我都还没坏呢,你又给我一条,我都来不及戴呢,看来是要带到地底下去戴咯。"顽固先生总是这样说。

"对了",大苗突然想起来,"那边的书怎么都没有了?"

"学校要拆了,连着那个书店也要拆了,书都送到了新学校去了,那里修了大的图书馆,有专门的图书管理员,那电脑我是用不来啊,不知道哪里敲几下书就算记录好了,我这老头子也该退休咯。"

"学校都要拆了啊。"

"是啊,这学校都在那多少年了,虽然是旧了点,但是在那待了大半辈子了,这说走还真是不舍得啊。"

"没事的,你的那些书总是会一直在的。"

"现在的孩子都不喜欢看书了,想想我们那时候有一本书看那是多么不容易,真是当宝了的。"顽固先生说着那眼睛里竟然湿润了,看得出来他努力控制着自己的感情，身体也有些微微的颤抖，是真的老了啊。

那天大苗让顽固先生吃了晚饭再走，顽固先生怎么也不肯，大苗要送他回去，他也不让，说自己还没老到连家都不认识，大苗拿他没办法，让他路上自己当心，顽固先生走的时候拉住大苗的手好久好久，最后才舍不得地放开，好像在默默地和大苗做最后的道别。

那次顽固先生走后，大苗就再也没有见过他。

后来要搬家了，花蕊的爸爸也过来帮忙。大苗在家的时候，花蕊的爸爸很少来，都是让马婕出去，大苗不是很喜欢，有什么事情非要出去，好像都要躲着她一样的，爸爸才不会这样。大苗只是心里这样想，她从来都不会说出来。

搬家那天天气很热，一丝风也没有，整个人像在一个大烤箱里面，坐着不动都会出汗，更何况要搬东西了。花蕊的爸爸有一辆大卡车，正好可以帮着把东西都运过去。

"咦，这个床底下有一个储蓄罐。"花蕊爸爸的声音从里面传来。

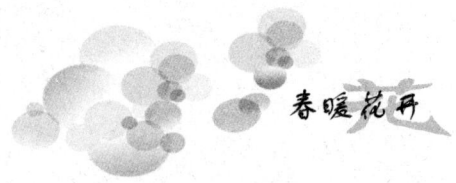

大苗听到了扔下手里的东西直冲进去,"谁让你拿我东西了。"说着一把抢过来。

这时候马婕也进来了,看着一脸无辜的花蕊爸爸和恼着一张脸的大苗,劈头就开始数落大苗:"怎么这么没有礼貌,叔叔不是好心帮我们搬东西嘛,这么大惊小怪干吗,不就是一个破储蓄罐吗!"

大苗两眼瞪得大大的,她简直不敢相信马婕居然为了他这么说,她不但说了自己,还侮辱了爸爸,大苗紧紧拿着储蓄罐,一句话也说不出来,她可以说自己,但她怎么能说爸爸做的储蓄罐是破的,妈妈已经把爸爸给忘了,大苗伤心极了,她一个人走出了家门,眼泪一边流出来,一边擦干,然后再流出来,大苗不知道该走到哪里去,她想走到爸爸那去,如果真能走到爸爸那去那她一定会走过去的。

大苗走后,马婕也意识到自己话说的有点重了,可是后悔也没什么用,她想着只能等大苗回来跟她道个歉。

晚上8点过了,大苗才回来,眼睛肿得跟灯泡似的，马婕有点心疼，拿了毛巾想给她擦擦，大苗没有拿，"我不生气的，你和花蕊的爸爸怎么样我都没有意见，你自己开心就好了。"

"妈妈知道妈妈讲错话了，妈妈也是一时心急也不知道怎么搞的，你原谅妈妈吧。"

"我说了我没怪你。"

"你这样怎么没怪我。"

"我真的没怪你，你要怎样才相信，你说我都可以，你为什么要当着他说爸爸。"

"我哪有说你爸爸？"

"你还没说，你说'不就是一个破储蓄罐'，你难道不知道这个储蓄罐对我的意义吗，你怎么能不知道，这是爸爸留给我的，你现在为了别的男人把我们都忘了，都抛到脑后去了。"

"我怎么会把你们抛到脑后去，你们才是我最重要的人啊。"

"好了，我不管你跟谁，我真的不管。"

"哎。"马婕叹了一口气。

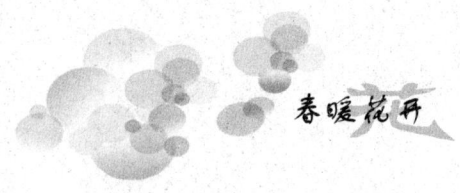

18

在家里待久了大苗就很希望开学,但开学没多久,大苗又想念起家里来。

和马婕吵架之后,过不了多久,她们还是又和好如初,亲人之间本就不会有仇恨,再大的仇恨也会慢慢消失,何况那根本不是仇恨。

这个春节,他们一家将要在新家度过了,那边虽然不大,但是有白白的墙壁和大大的窗户,走进去整个人都明朗起来。马婕和花蕊的爸爸相处得似乎不错,花蕊的爸爸已经向马婕求了好几次婚,马婕却总是犹犹豫豫,她怕大苗不高兴,她总说等一等,她要等大苗回家问一问大苗,虽然她知道大苗一定不会说什么,但是她还是要问。她觉得现在她的婚姻已经不像她年轻的时候那样,完全是凭着自己对幸福的直觉去选择的,现在她的婚姻不是她一个人的事了,还有孩子们的事,她不能只想着自己,更多的要想着孩子们的感受。其实她这么多年来已经想得太多了,她每时每刻都想着他们,她甚至没有时间去想一想自己的事。

真正要和大苗说的时候,马婕居然还紧张了起来,好像自己真的是已经老了,做什么事情都要征求大苗的意见了,马婕想到这里不禁笑了起来,她是真的高兴,高兴大苗已经长大了。

出乎马婕意料的是大苗居然祝福她和花蕊的爸爸,马婕有一点疑惑,直到大苗拉着马婕的手说:"我是真的很高兴你们能结婚,只要妈妈你开心就好了。"

好像什么都好了,今年春节的时候,马婕好像年轻了几岁。

吃年夜饭的时候,家里好久没有这么多人了,元亦文也带着元样回家了,知道马婕就要结婚了也很高兴。

马婕吃晚饭时宣布自己5月份准备结婚,她说也就他们这几个人一起吃个饭就行了,正好大苗今年要高考了,晚了大苗都要走了。

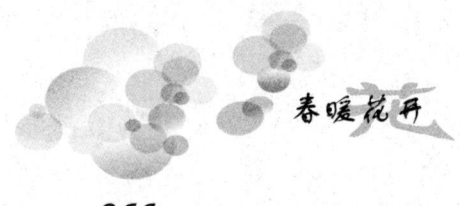

19

高考结束后的那个暑假,大苗没有像其他学生一样焦急地等分数,填志愿,准备上大学。大苗没有参加高考,马婕也没有再结婚。

就在春节过后的元宵节,马程才出了车祸。那天已经是开学的第3天了,新的家到学校的路马婕已经带着他走了两遍了,在确认马程才已经准确无误地记得之后马婕才让他自己去学校,自己回家。可是没有想到第一天就出事了。马婕赶到医院的时候医生和她说的第一句话是:"你孩子的双腿是保不住了,现在还没有脱离生命危险。"

马婕当时就晕了过去,醒过来以后想到医生的话就又晕过去,这样来来去去好几次,直到大苗从学校赶过来,马婕才一把抱住大苗,好像抱住了一根救命稻草。

那天,马程才放学回家,穿过十字路口的时候正好亮了绿灯,马程才想也没想就穿马路,谁知一辆集装箱就冲了过来，把他压在了车轮底下，那么大的轮胎就那样压在了他那条小腿上。那条路上一直也没什么人，集装箱司机甚至都没有下来看一看就开着车一溜烟跑了，幸好有人打了120，马程才才被送去了医院。

能通知到马婕还是因为医院正好有个人认出了马程才。那时候马婕总喜欢带着马程才上街去，加上马程才白白胖胖的，对谁又都是笑嘻嘻的，所以很多人都认识他。可是现在好好的一个孩子成这样了，大家都觉得很心痛，也太突然。但最伤心的那就是马婕了，她从小捧在手心里长大，宠着爱着的儿子现在居然正躺在病床上，他将要失去双腿，甚至可能再也醒不过来，一个母亲怎么能面对这些，怎么能够承受这些。

"为什么被撞的不是我啊，为什么要让我儿子受这些苦，我活了这么多年了我都活够了，为什么要这样对我儿子啊，他这么乖，他没有犯什么错，为什么要这么对他，这不公平啊。"马婕每天都在重症监护室外面一个人一边自言自语一边哭着，有时候一个人在那里生气，使劲抓着自己的头发，把自己的头往墙上使劲地

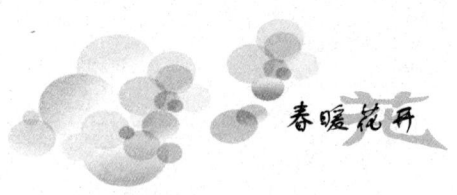

敲,一会儿又安静下来,默默地笑着。

大苗看着心疼也着急,她知道现在这里离不开自己,虽然现在正是高考前最后的冲刺复习阶段,但她怎么走得开。她想到了元亦文,她想给元亦文打电话,可是一想她还有一个要照顾的小孩,一个人已经很不容易了。

"妈妈。"

"为什么会这样,为什么要这样对我儿子,这不公平,大苗你告诉我?"马婕泪眼婆娑地看着大苗。

"妈妈,现在不是哭的时候了,这事已经发生了,这世界它本来就不会那么公平,现在要想的是怎么筹钱给弟弟治病。"

"呵,你是不哭,你高兴还来不及吧,你巴不得看到你弟弟这样吧?"

"妈妈,你怎么能这么说。"

"那我怎么说?你弟弟成这样了,你流过一滴眼泪没有?我知道,你弟弟一出生你就开始恨他了,他害得你不能去上学,他抢走了你的爱,你恨他,我早就知道你恨他了,现在你高兴了吧!"马婕冷冷地说道。

大苗气得浑身直哆嗦,她说不出话来,她想到自己这么多年来的委屈,自己全都承担下来,没有说一个不字,没有去怪任何一个人,她知道只要自己努力就可以改变这一切的。她从来没有去恨过谁,她怎么会有恨,那都是她最亲最亲的人啊,现在最亲最亲的人居然和她说了这些话,那她是什么,她难道不是妈妈的孩子。大苗眼里的泪珠一大颗一大颗地滚落下来,掉到马婕的手背上。

"对不起,对不起,大苗,对不起,真的对不起。妈妈是太着急了。"马婕拉着大苗的手,把她拉到自己的怀里,用力抱住她。

这下大苗的眼泪越发不可收拾了,"我知道,我知道,我也难过,我也着急,我只是想快点想办法,快点治好弟弟的病,我从来没有恨过他,我爱他还来不及,他是我弟弟我怎么会恨他。"大苗哽咽着说出这些话,她把自己都感动得一塌糊涂。大苗从马婕怀里挣脱出来,擦干眼泪,也替马婕擦干眼泪。"现在我们不能倒

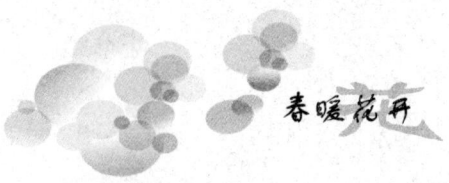

下去,我们都倒下了那谁来照顾弟弟。"

"嗯。"马婕点点头,像个孩子一样。

"你给花蕊的爸爸打电话了吗?"

"打过了,他说会过来的。"

"什么时候打的?"

"出事那天我就打了,他问了我情况,他就说他会来的。"

"现在都好几天了,你有没有再打?"

"我哪有心思打。"

"号码多少?我来打打看。"

大苗拨通了号码,电话那端传来"您拨打的电话已关机",大苗并没有太多的惊讶,只是叹了一口气。

"怎么样,打通了没?"马婕着急地问。

"说是关机了。"

"怎么会关机?"

"他应该不会来了。"

"不会的,他会来的,他说他要来的,可能是手机没电了。"马婕还是相信他会来。

大苗不忍心再看下去了，一个人跑到了外面，她觉得她在那里快要窒息了，胸闷得厉害，她努力做着深呼吸，让自己平静下来，让自己能好好地想一想。

每天大苗白天去学校，晚上就到医院，这样来来回回，本来就瘦的大苗显得更瘦小，马婕也是瘦了整整一圈，但是马程才始终没有醒过来，马婕只能从玻璃外面望望，看到原本活泼的儿子现在两只脚已经没有了，床单下面憋下去一块，人还不知道能不能醒过来。钱每天一大笔一大笔地出去，马婕真怕自己这次支撑不住了。

花蕊的爸爸始终没有出现，每天大苗都能看到花蕊，但是她一句话也不去问她，不去问她爸爸怎么了，为什么突然消失了，花蕊可能也觉得心里过不去，毕竟是他们这么做不对，别人有了困难的时候你们却跑了，不认账了。每每和花蕊面对面碰到，大苗还是两眼向前从来不避着，只是花蕊似乎总是抬不起头来，她是为她的爸爸抬不起头来。

马婕时不时说起花蕊爸爸的时候，大苗就毫不心软地骂马婕，"你以为你是谁啊，好的时候人家乐意跟你

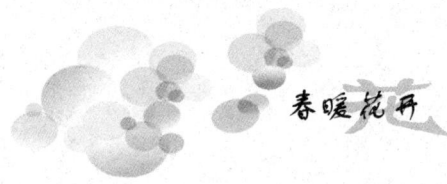

一起,遇上点困难了跑得比猪还快,你倒还在这里惦记着他,他说不定还乐呵着,想着还好没结婚,要是结了那就亏大了。我们谁也别想靠,都得靠自己。"大苗说得出这些话,自己却也是很担心,她现在还在读书,妈妈又得陪着弟弟,每天花钱却不见把钱挣回来,钱总是要用完的。

钱真的用完了,比想象的要早很多。还有两个多月就要高考了,大苗现在每天都焦头烂额,她不想放弃自己的学业,自己努力奋斗了这么多年,就是为了有一天能考上大学,如果现在放弃了,她自己都不能原谅自己。

当家里的钱只剩下给马程才交一天的医药费用的时候,马婕和大苗坐在了一起。

马婕把那最后一笔钱数了一遍又一遍,嘴里还念念有词,"真的只有这么多了,我可怜的儿子还没有醒过来。"

大苗心里难受极了,为什么这种事情要发生在我们身上,为什么上天总要这样对我们,我们已经失去了爸爸了，为什么还要这样对弟弟。

"大苗，你说这是不是都是我的错，我不应该把他生下来的，这样你当初也不用辍学，也不会那么恨我，亦文也能去读大学，现在可能也不用一个人辛辛苦苦带孩子，你爸爸可能也不会死，我们一家人可能很快乐很幸福，你说是不是都是我的错，让老天来惩罚我好了，我儿子他又没有做错什么，都是我的错。"

"不是你的错，这不怪谁，谁也不怪的。"大苗不喜欢听到马婕讲这些话，她一点也不想听。

"都怪我，都怪我啊。"

"怪你有什么用，怪你爸爸能回来吗，怪你弟弟现在可以不用躺在病床上吗，如果一切能怪你的话那现在何必要这样，现在说这些还有用吗？没有用了。"

"妈妈知道你怪我，我知道的。是没有用了。"

"你怎么听不懂我说的话呢，我没有怪你，我只是说现在说这些没有用了。"

接下来，谁都没有讲话，变得很安静，能听到自己的呼吸声，一下一下，等着慢慢平静下来。

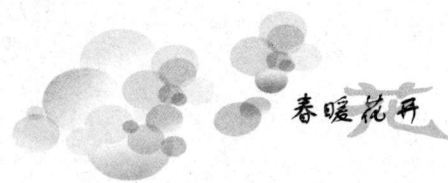

过了好久,马婕又开始说话:"你姐姐那边我也去说,得告诉她我们这边的情况,能出多大的力我也不管,反正事情总得告诉她的,都这么久了,她到时候还怪我们不把她当一家人看,有了困难还不好意思和她说。"

"妈,你又想多了。"

"妈没想多,本来我就对不起她,当初我不能生育,我才去领养了她,可是我没能让她快乐幸福,我是一个不称职的母亲。现在她自己生活了,一个人还带着孩子,丈夫也走了,这,怎么会好过。现在我们倒还要伸手向她要,让她来照顾我们,我心里过意不去啊。"

"姐姐不会那样想的,我们始终是一家人的,不管我们在哪里,和谁生活在一起,我们都还是一家人啊,这是不会变的。"

第二天元亦文就赶了过来,带来了她仅有的一点积蓄,几千块钱,"只有这么多了妈,我真的很想帮忙,但是我赚的钱真的只够我们娘俩开销的。"

"亦文啊,妈妈是真的没有办法了才来问你的。"马婕说着就抽抽搭搭地哭起来了。

"如果有我一定会拿出来的,我真的尽力了,你也别太难过,一定会有办法的。"

大苗站在一边,突然觉得她还是个孩子,弟弟住院了,她却一点办法也没有,一点忙也帮不上,她总以为自己已经长大,可是现在她却像一个傻子一样,她能为这个家庭做些什么呢?她想过了,现在她觉得可能也只能这样了,就像那时候元亦文一样,她不去念大学了,元亦文能为她做的牺牲,她也能为马程才做。她知道她赚那么一点钱也不管什么用,但是她也知道即使自己考上了大学,那又怎么样,他们家也没有多余的钱让她去念大学了。

大苗一直没有和马婕讲,她怕说了自己的想法,马婕想也没想就同意了,她知道比起弟弟,自己的前途现在显得微不足道,她也知道现在最重要的还是照顾弟弟,凑到钱能把弟弟治好。书是什么时候都能读的,人我们却等不起,也不能等。

大苗自己一个人去学校办了休学手续。那天天下着

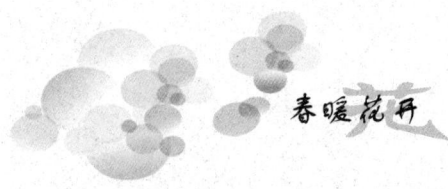

雨,到学校的时候,大苗的鞋袜已经湿透了,冰冰的凉气从脚底一直漫延到她全身。在办公室门口,她犹豫了好久好久,她想到了上幼儿园那会,和现在差不多吧,她安慰自己,那时候也是等了两年,现在自己大不了再多等两年,也是一样的。老师们都觉得可惜,听了大苗讲的原因,都劝她再想想清楚,读了这么多年书马上就到关键的时刻了,现在放弃了,那就太可惜了。但大苗进去的时候就已经打定主意了,她不急,她知道自己一定还有机会,只要她想要,只要她努力,没有什么事情是绝对的。

　　学校最终还是给大苗盖了章,还说要给她弟弟捐款,大苗表示了感谢。休学的事情大苗没有和马婕讲,也没有和元亦文讲。

　　大苗找了一份杂工,白天工作,晚上回医院,谁也没有发现什么。工作了,大苗才知道学习其实是一件快乐的事,只要坐在下面安静地听着老师讲。现在,她的脚每天都疼得厉害,特别是前脚掌,以前,她是从来没有想过那些端盘子的服务员有多辛苦,看样子似乎只需要端着盘子走走就可以了，现在她自己有了这些体会了，她明白了，这真的不是一件容易的事，一连站几个小时，中间都不能有一丁点的休息，刚开始的那几天大苗都是咬着牙过来的。大苗不是娇生惯养，只是她没有做过这些。她庆幸自己能有这些体验，她知道她不会永远在这里端盘子，她有更重要的事要做，但她也很珍惜这份工作，珍惜它带给她的一些东西，让她明白生活的不易，明白抱怨永远都是不能解决问题的，明白怎样让自己变得更强大，明白了要学会感恩，学会接受那些压在你身上的痛苦，还有那些你必须慢慢承担起来的责任。大苗没有后悔，她心里觉得不公平，这都是她自己决定的，不是吗？没有人逼她，她知道只有这样她心里才舒服一点，与其让别人来告诉她，还是由她自己决定吧，对于这个决定，大苗是难过的，就像把她年幼的那道伤疤又生生揭开来一样，但是一想到弟弟可能再也睁不开眼，她就觉得自己应该作出牺牲。她把这一切当成是自己成长所必须要经历的，过去就好了。

虽然大家都这样努力，可是马程才似乎看不到，或

278 许他也已经和死神斗争很久了，也许他已经筋疲力尽，他不想再连累大家，就像元天石一样他好像放弃了。

马程才的病危通知书下来了，那一张白纸上几个字，却好像有几千万斤重，压得大家透不过气。但是大家都没有哭，医生说也不知道还能撑多久，你们去做最后的道别吧。

20

三天以后的早晨，马程才走了，他走的时候嘴上还是带着笑的。从出事那天起他就没能醒过来，没能说一句话，没能再看一看他的妈妈和两个姐姐，但他一定能感觉到，一定能听得见，一定知道她们一直都在他身边，她们为了他放弃了很多，牺牲了很多，他可能也在愧疚自己不能好起来回报她们，他不得不先离开了，他觉得遗憾，都没有说一声再见，他想说一声"谢谢"的。

大苗看得出来，妈妈这次老了许多，她知道妈妈在弟弟身上寄托了多少希望，现在希望没有了，消失了，再也回不来了，这么多年一直支撑她的一根大支柱倒下了，她的头发就那样一夜之间白了，显得苍老了许多。

谁都没有安慰谁，大家心里都默默难过，安慰只会让对方和自己更加难过。

过了好久，马婕才突然问大苗："你高考考得怎么样了？"

"我没有去考，弟弟出了事不久我就休学了。"大苗心里有些难过，但她能理解，理解妈妈到现在才想起来她高考的事。

"休学了？谁让你休学了？"马婕听到大苗的话几乎怒吼了。

"是我自己决定的。"大苗平静地说。

"你自己决定，你自己能决定什么。"

"我自己决定我自己的事。"

"你怎么这么不懂事，辛辛苦苦供你读书这么多年，最关键的时候你就自己决定放弃！你是想气死我吗？"马婕因为激动过度脸涨得通红，脖子上的青筋也一根根

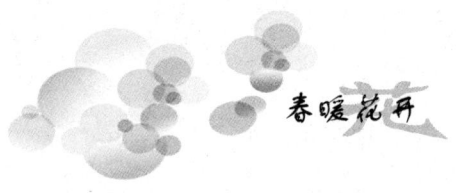

凸了出来。

"我是不懂事,我是自己决定的,我怕你让我放弃的时候我会难过死,你知道我有多难过吗?我付出那么多的努力我想放弃吗?给弟弟治疗已经花了那么多钱,我知道即使我考上了家里也没有钱让我去上大学,我都想过了,与其这样,我先自己放弃心里还好受一点。"大苗本来什么也不想说,但是当时就是一口气把心里的话都讲了出来。"小时候你不就是让我放弃的吗?为了弟弟,现在我也是为了弟弟,我自己放弃和你让我放弃有什么区别吗?"话一说出来大苗就后悔了,大苗看到马婕那一脸不知所措的表情,心一下子软了,她恨自己为什么要这么说,弟弟走了不久她就讲这种话,但她无法控制自己的感情,无法控制自己。

那次争辩之后,马婕好像就病了,看她走路的时候已不像原来那样一阵风似的,现在的她慢慢挪动着她那两条腿,十分吃力地一步一步向前,好像那两条腿有千斤之重。她的脸上也早已没有了以前的风采,那些岁月的痕迹毫不留情地在短短几个月内爬上了她的脸,她常常一个人坐着，低着头，像是在哭泣，因为你能看到她的肩膀微微地抖动，除了坐着，马婕基本上就躺在床上，在床的一侧，蜷缩着身体，像个小孩一样，她还是会做饭，但是饭要么是硬了，要么是太软，菜也都没什么味道，大苗好几次让她去休息，她却不肯，她把大苗推出厨房的时候力气大得惊人。

"我好像病了。"一个下雨天的早上马婕对大苗说。

大苗正准备去工作，她准备等赚够了学费就继续读书。每天白天工作，晚上就自学，大苗去图书馆借了许多书，大多都是医学方面的，她对中医特别的着迷，把人体的经络图她能够准确熟练地画出，她研究草药，虽然她没有机会亲眼看到那些草药，但她看到准能一眼就认出它们，说出它们的名字，说出它们的类别和功效。她决定去报考医学类的院校，她想要当一个医生，她知道这可不是一件容易的事，既然选了，她就不会回头。

"怎么了？"大苗回过头看到马婕神色黯淡，两眼充斥着一条条血丝，黑眼圈看上去比她的眼睛都要大了，盯着看久了会显得特别怪异。

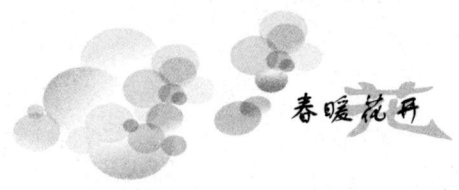

"怎么了？妈妈。"大苗有点着急。

"我也不知道，总觉得脑子里面晕乎乎的，心口也闷得慌，"马婕看了一眼大苗，"我今天要去医院检查一下，验个血看看。"

大苗心里咯噔一下，失去了爸爸和弟弟，她不能再没有妈妈了。呸呸呸，大苗恨死自己了，怎么能想这些，不会有事的，然后故作轻松地说："怎么可能有什么事，不会有什么的。"

"你快先走吧，等等该晚了。"马婕催促大苗。

"我陪你去吧。"大苗还是不放心。

"不用了，你都说了没什么事的，还用得着你陪着嘛，又不是小孩子。"

大苗没有再坚持，她怕她的坚持会让马婕担心起来，但她其实特别想留下来，想陪马婕一起去，她心里担心，可是这担心她不能表现出来，她相信肯定什么事也没有。

一整天，大苗都没有心思工作，她无法控制地胡思乱想，她想要是马婕检查出什么，要是马婕也要离开自己，就剩下她一个人，她一个人该怎么办，每当这时，她就用力拍着自己的脑袋骂自己怎么能想这些，不要再想了，她害怕这些会真的变成事实，她害怕极了。一天下来，大苗快要崩溃了，她迫切地想要回到家中，想要看到马婕，她想她回家一定要抱一抱马婕，她发现她从来没有像现在这样爱着马婕，她现在才知道原来她也爱着妈妈，这爱不逊于她爱爸爸，她想她回家后一定要告诉妈妈她一直都很爱她，像爱爸爸一样爱着她，她不觉得说这话会不好意思，她一定要这么告诉妈妈。如果妈妈没有事，只要妈妈没有事，让她做什么她都愿意，是的，她都会愿意的，只要她妈妈能够没事，只要她们能像之前那样一起生活下去，日子苦一点也没有关系，只要她们还有彼此陪伴。

回到家门口的时候，大苗深吸了一口气才推门进去，好像是她自己即将等待着判决。

马婕正在烧菜，桌上已经放着做好的几道菜了，大苗走进厨房，马婕看到她，对她笑了笑。

大苗突然就松了一口气。

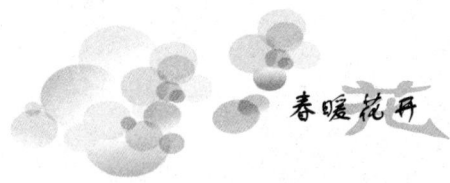

"今天去医院怎么样了?"大苗问。

"医生说没事,可能是前阵子太悲伤的缘故,我想,现在没事了,我想都会好起来的,我们不能再这样下去了,特别是我,我想通了,现在我们要好好生活下去,明天开始我就继续回去上班,大苗你继续回去读书,我们今天来庆祝一下,庆祝我们新的生活,不要再让悲伤压着我们了。"马婕激动地说,大苗还没有缓过神来,愣愣地听着马婕说着那一长串话,她现在看到的马婕和早上看到的完全不像是一个人。

马婕拉着大苗坐下来,然后走进厨房,出来的时候手里拿了一瓶烧菜用的黄酒,和大苗每人各倒了半碗,然后她先端起碗,"来,我们干杯,为了今后的生活我们都不能再消沉下去,不对,是我不能消沉下去,我们要一起努力,来干杯!"

大苗还是愣在那里,马婕替大苗端起碗:"快,我先干了。"

大苗看到马婕把碗一端,眉头都没皱一下就咕嘟咕嘟一口喝了下去。

"妈妈，你真的没事吗？"

"没有事啊。"

"真的吗？"

"真的，现在只剩下我们俩相依为命了。"

"妈妈。"

"别说了，来！快吃菜吧。"

马婕真的又振作起来了，以最快的速度又振作起来了。她回到了厂里，周末的时候，和大苗到商店去逛了一圈，每人买了一件新衣裳，穿上新衣裳，马婕还是能隐隐约约看出来过去是个美人儿，即使现在，马婕还是美丽的。

马婕白天工作，晚上也在工作，大苗不让马婕去，马婕说大苗晚上在学习，我也不能落后啊，马婕想让大苗开学就回去复读。

8月底的时候，大苗收到了一封信，是顽固先生寄来的。

信很简短，大苗把信反反复复看了好几遍，她的眼睛渐渐变得模糊，她觉得在经历了这一切之后，老天对

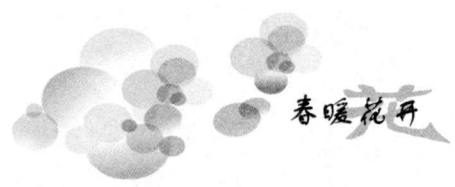

她还是公平的,甚至给予更多的关注,让她承受一些痛苦,但又不时会拉她一把,即使在她最低落的时候也能看得见希望。

　　但在短暂的高兴和感动之后,大苗陷入了两难。她知道机会只可能有一次,如果这一次不抓住的话那可能以后要花10倍乃至100倍的努力也不一定能再有,但是她又放不下马婕,她仿佛看到了马婕掉下来的眼泪,看到了她的无助和不舍,大苗心里酸酸的,如果真的去了,那不知要过多久才能回来,妈妈就一个人生活,可是就在不久之前她们才说好要一起努力,一起加油。现在她却要离妈妈而去,留下她一个人,孤零零的生活。大苗觉得自己像是一个背叛者,背叛了马婕,把她丢下,她觉得自己太自私了,她不想自己那么自私。

　　但是她也知道马婕是一定会让她去的,如果她执意不去,马婕就会说自己太自私了,为了自己让女儿放弃理想,大苗太了解自己的妈妈了,她就和自己一样,要强又怕伤害别人,总是情愿自己吃亏,也不愿难为别人。

大苗还是把信给马婕看了，看完信，马婕的眼睛也早已是噙满了泪水。她一边拉着大苗的手，紧紧握住，一边不停重复着"太好了，太好了……"。她看上去比大苗还要高兴，还要激动。

大苗却低下了头，看到那双抓着她的手，那已不再饱满的皮肤和自己的相比显得格外的沧桑，却温暖无比，她想到了小时候马婕拉着她，她的小手完完全全被包裹住，现在她的手已和妈妈的一般大小，她终于也明白自己真的是长大了，自己再也不是那个一直想要长大的小孩了。可是她长大了，却也意味着马婕老了，时间真的是很奇妙，因为你好像觉得一切都仿佛还在眼前，仿佛那只是昨天，好像只是做了一场梦。

但那终究不是梦，一切都是真的，不管你愿意不愿意，不管你接受不接受。

自从接到那封信之后，天气一直没有放晴过，总是阴沉阴沉的，大苗没有和马婕多讲话，她们都好像想静静地相处最后这几天，她们其实都在等对方，她们其实有好多话要说。

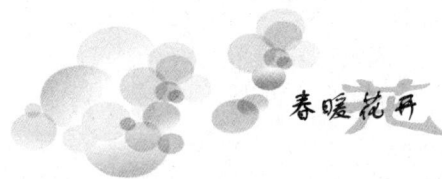

直到临走前的那个晚上，她们还是什么话也没有说，马婕帮大苗一遍又一遍地检查了行李，大苗默默地在旁边看着，一言不发。马婕最后把东西都放在门口，让大苗早点睡觉，大苗"嗯"了一声，想再说点什么却不知道该说些什么。

晚上大苗躺在床上，她想了很多事情，她发现以前她觉得马婕不好的那些事情她都还记得很清楚，可是当时的那些感觉却不记得了，她不记得她曾经讨厌过马婕，她现在只是回想着那些马婕感动过她的话，她的心里一阵一阵热着，喉咙一阵一阵哽咽着，眼角一次又一次地湿润了。她一想到自己就要和妈妈分开了，她将要抛下已经不再年轻的妈妈，她就感到内疚，她一次又一次地发誓自己一定要让妈妈过上好日子，要带着妈妈去世界各地看一看，就像之前爸爸带着她去看长江一样，她永远也忘不了第一次看到长江时的感受。有时候她觉得上天对他们一家不公平，带走了爸爸还要带走弟弟，她觉得妈妈姐姐还有自己特别可怜，可是正是因为这样，她们才更加坚强，越是困难，她们越是不肯倒下，她还是愿意相信，幸福会来的，幸福不会再远了，她宁愿去相信这次的离别就是以后幸福生活的开始，总有一天她们会幸福地在一起生活下去。

她也相信顽固爷爷一定是上天派来的天使，就像小时候她相信顽固爷爷是好人一样。

她不知道顽固爷爷是怎么知道她未参加高考，然后给她提供了一个去国外大学进修的机会，因为他是天使吧，天使应该是无所不知的吧！

第二天一大早，马婕提前叫醒了大苗，她说早点走总是没错的，错过了时间就不好了。大苗很快就洗涮好，东西早就准备好了，现在只等着出发了。

"我走了，妈妈。"大苗打开门，准备走了。

"嗯，去吧。"

大苗等着马婕再说点什么，却始终没有别的话了，大苗狠狠心，拖着箱子走出了家门。

她一直往前走，不敢回头，她怕自己掉眼泪，走了一会，她想马婕应该已经回去了，就回过头，看到马婕就跟在她后面50米的地方，她看到马婕脸上已经满是

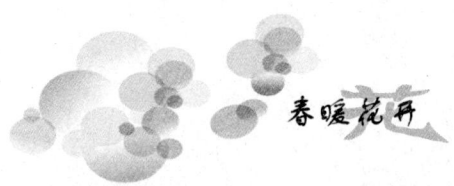

鼻涕和泪水，看到大苗回头发现了自己，马婕有点不知所措，不知道是该回头还是继续往前走。大苗再也控制不住自己，刚刚使劲忍住的眼泪现在一下子全都流了下来，眼前一下子模糊了。

大苗一边用手擦眼泪，一边挥着手朝马婕说："妈妈，你快回去啊。"

"我知道，我就在这看你走，等你走远了妈妈就回去了。"

"妈妈你自己一个人要当心，别太累，好好的等我回来。"大苗觉得喉咙里像有什么东西卡住了一样，这一句话说得好累。

马婕还是站在那里，看着大苗，大苗朝她挥挥手，她也挥挥手，"你快走，等等要赶不上的。"马婕对她说。

"知道了，我知道的。"大苗一边走一边回头，马婕始终站在那里，只是那个身影越来越小越来越小，却好像始终没有消失。

21

一辆辆挖土机不停地运作着,来来回回把土填入那个大坑里,旁边的那几个从别处运来的大土堆一天一天地矮下去,很快,那个大坑就被填起来了。

那个大坑不是别的,正是原来的化工厂。几年过去了,十几年过去了,二十几年过去了,很多店都关门了,换了别的老板,唯独这家化工厂,始终开在那里。里面的工人在那上了一辈子的班了,排水管里每天都有五颜六色的污水排出来,人们经过那里的时候还是会轻轻骂上一句。

但是到现在为止,这些都不会发生了,因为化工厂即将被停业,工厂里的工人都下岗回家了,那时候他们都说进了化工厂就像是拿了个铁饭碗,现在铁饭碗也保不住了。

对于那些工人来说,这可能是一件再坏不过的事情了,但是对大家来说,是相当好的,最简单的理由就是

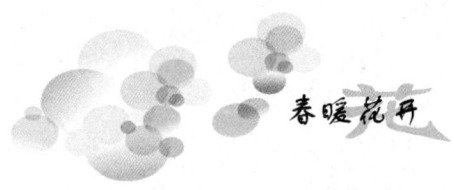

再经过这里的时候,不用再捂着鼻子屏住呼吸了,不必再脱口而出一句"该死的化工厂!"

一切都不一样了。

大苗走在路上,看着那条河,笑了起来。

到处都在规划,许多旧的房子都已经拆掉,盖起了新的楼房。大苗有点陌生地看着这一切,她在寻找她的回忆,寻找那些她熟悉的事物。

不知不觉,大苗走回了原来的家,那里也已是面目全非了,房子都拆了,新楼还没有盖起来。大苗踩着一块块的石头,凭着感觉找到了自己的家,隐隐约约她能看见倒下来的墙壁上她画过的画,她想念起那时候的夏天,想念那时候坐在弄堂里快乐地读着一本书,大苗慢慢闭起了自己的眼睛,她感到有一阵凉爽的风从对面吹来,吹在她的脸上,吹起她的头发,吹来了远处长江水的味道。

泪水从眼睛里流出来,轻轻的没有声音,那不是悲伤的泪,那是在经历一切之后回头看,不知不觉流出来的泪,那滴泪里面有太多太多的故事。

等泪水被风吹干，大苗睁开了眼睛，现在她要回家去，回去和妈妈团聚，她要给她一个惊喜，她提前2年以优异的成绩完成了7年的学业。她没有辜负任何一个人的期望，也包括她自己。

大苗转身准备离开，就在她的身后，在那些废弃的石头缝里，有一些毛茸茸绿油油的苔藓正努力长起来。